제이쓴, 즐거운 나의 집

집 고치다 인생도 즐거워진 제이쓴의 공간 이야기

제이쓴, 즐거운 나의 집

제이쓴
에세이

나무[수]

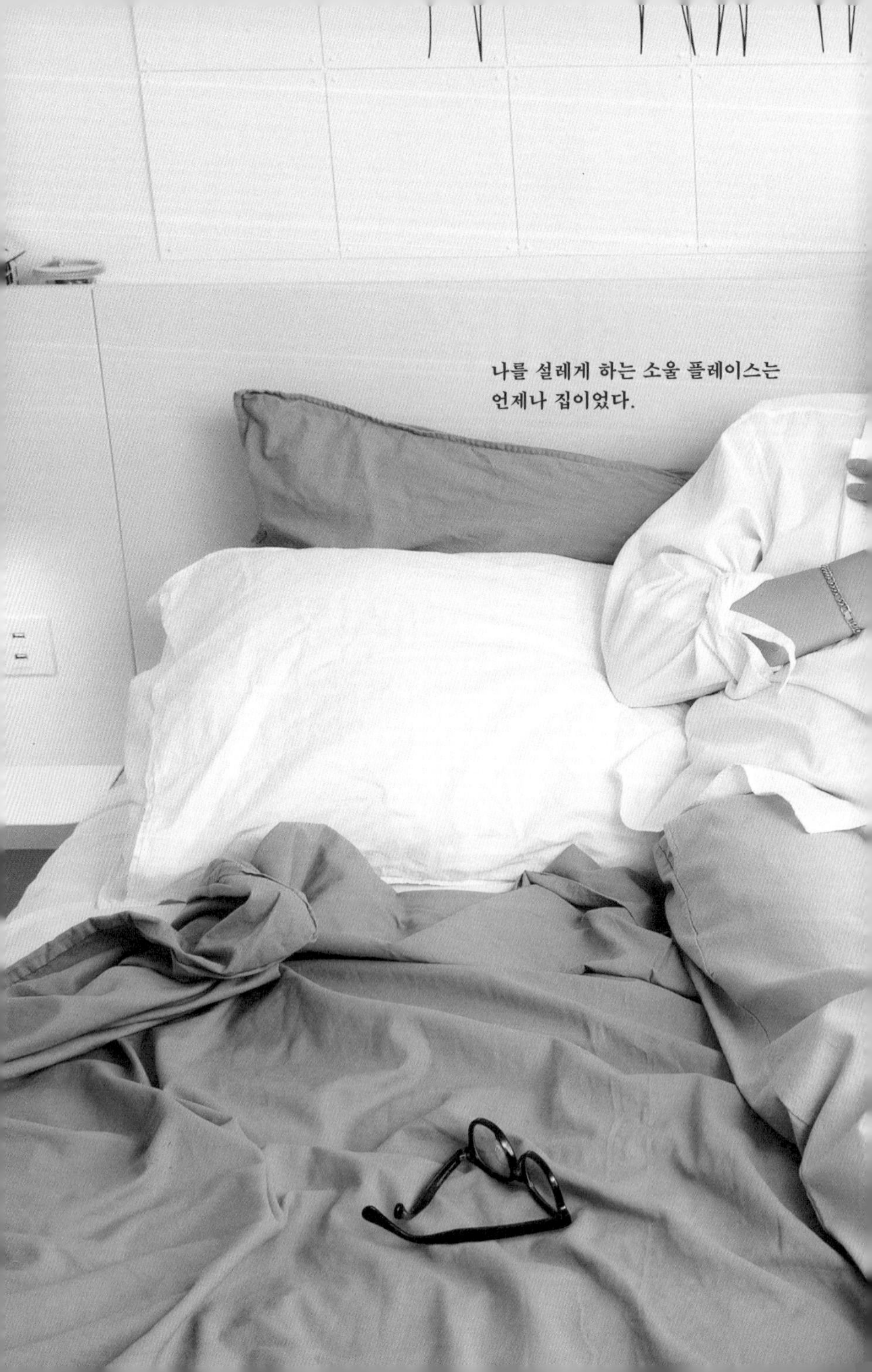

나를 설레게 하는 소울 플레이스는
언제나 집이었다.

어떻게 하면 집을 더 멋지게 꾸밀 수 있을까?
어떻게 하면 남들 보기에 더 그럴 듯하게 만들 수 있을까?
유행과 타인의 시선을 좇아 더 고민했던 적도 있었다.

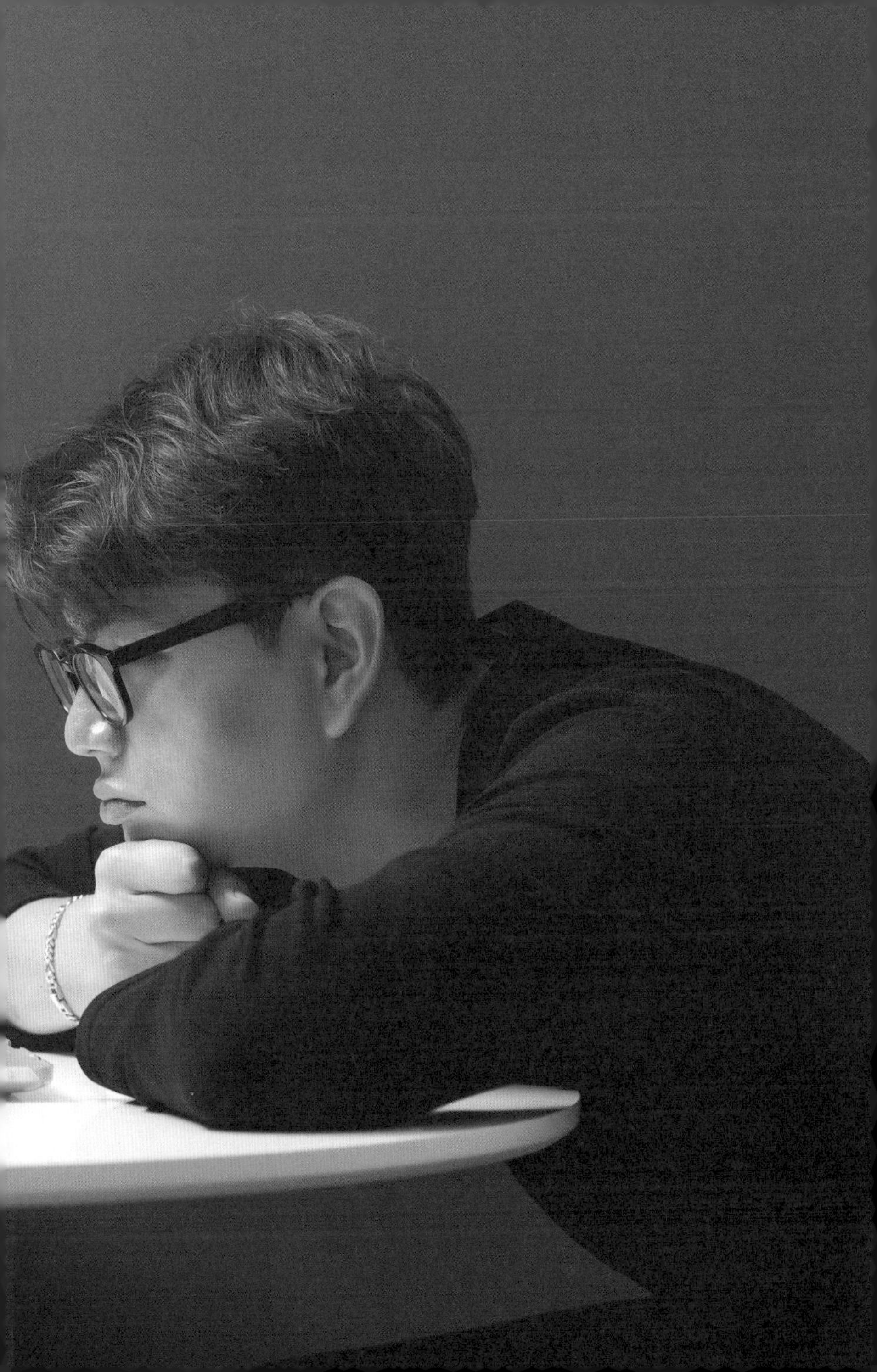

하지만 집이 나의 소울 플레이스인 진짜 이유는
내가 가장 나다워지는,
내가 가장 편안한 공간이기 때문 아닐까?

다사다난했던 싱글 라이프를 끝내고
'나만의 공간'이었던 집은 이제 '우리의 공간'이 됐다.
그래서 지금은 서로의 취향을 공유하고 한 공간에 녹이고 있다.

함께하다 보니
하고 싶은 것도
해야 할 것도 꽤 많아졌지만
오늘도 나는 즐거운 우리의 집을
함부로 열심히 꾸미고 있다.

Prologue

2015년 두 번째 책 출간 이후 오랜만에 컴퓨터 앞에 앉았습니다. 자료도 찾아볼 겸 컴퓨터에 외장하드 USB를 연결해보았습니다.

처음으로 문고리를 고치러 갔던 성북동의 어느 집부터 한창 인테리어를 하러 다녔던 집들, 인테리어 덕분에 출연했던 프로그램 속 내 모습, 그때그때 적어두었던 메모들까지.

그간의 기록들을 보니 수많은 기억들이 스치고 여러 가지 생각이 들었습니다.

저의 오랜 블로그 이웃들과 SNS 랜선 친구들은 잘 알겠지만 언젠가 한번쯤 공간에 대한 에세이를 꼭 써보고 싶었습니다.

내가 만난 공간들에 대한 이야기를 공유하고, 나는 무엇에 이끌려 공간을 꾸미기 시작했는지, 그때 나는 어떤 생각으로 공간을 바라보고 어떤 이야기를 담아내려 했는지에 대해서 조금은 진지하게 하지만 편하고 유쾌하게 제 스타일대로 말이죠.

이 책을 읽고 더 많은 분들이 내가 가진 공간의 소중함을 깨닫고, 나도 한번 꾸며보고 싶다는 마음을 가지면 좋겠습니다.
제가 그랬듯 그 작은 변화가 인생에 꽤 긍정적인 영향을 미칠 게 분명하니까요.

끝으로 이 책을 출간하기까지 응원을 아끼지 않았던 사랑하는 나의 아내 홍현희를 비롯한 가족들, 그리고 지금은 비록 곁에 안 계시지만 행복한 기억을 안겨준 모든 분들께 이 책을 바칩니다.

Contents

PLACE Ⅲ
우리의 공간

PLACE Ⅳ
당신의 공간

PLACE I

나의 공간

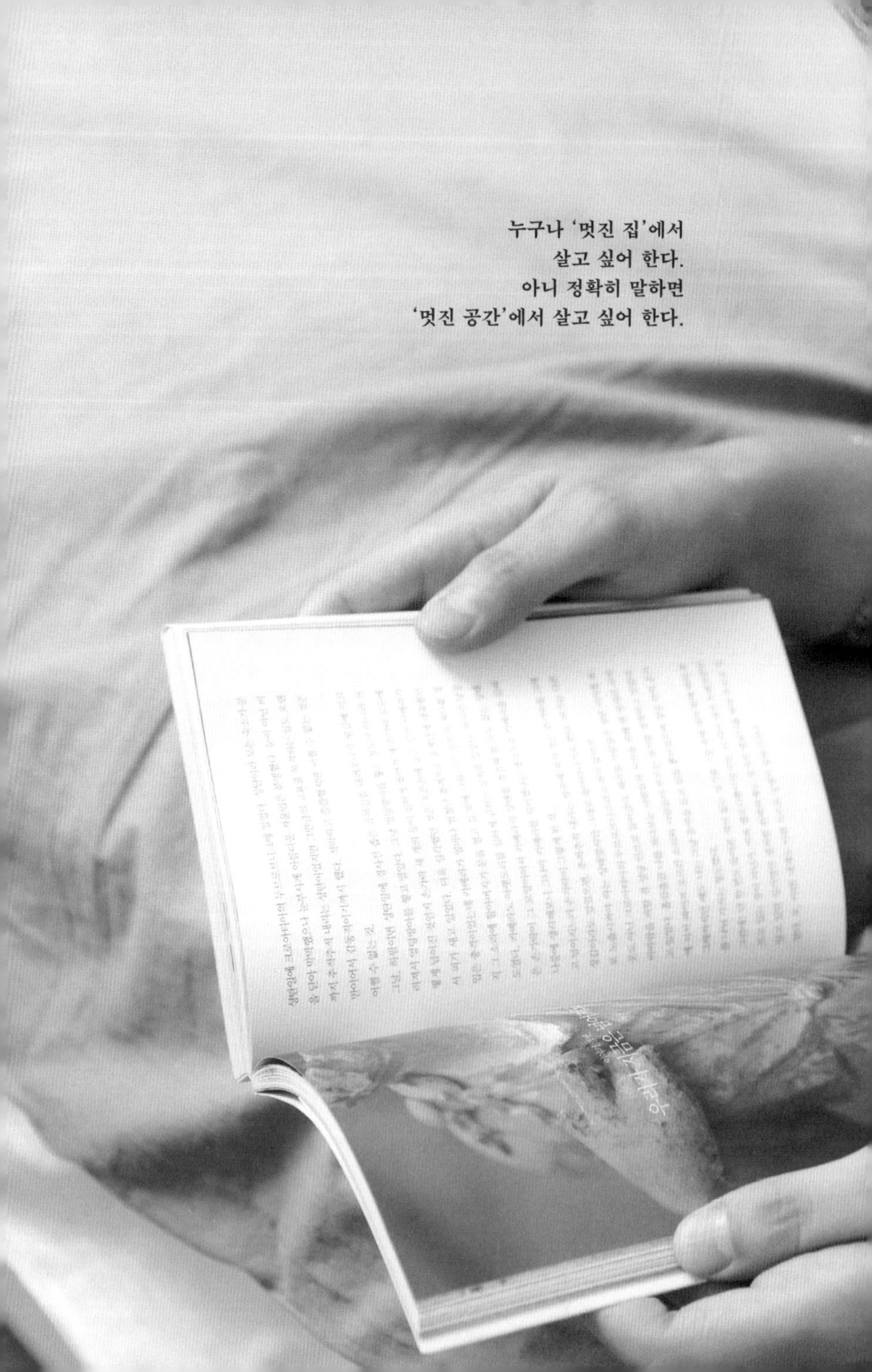

누구나 '멋진 집'에서
살고 싶어 한다.
아니 정확히 말하면
'멋진 공간'에서 살고 싶어 한다.

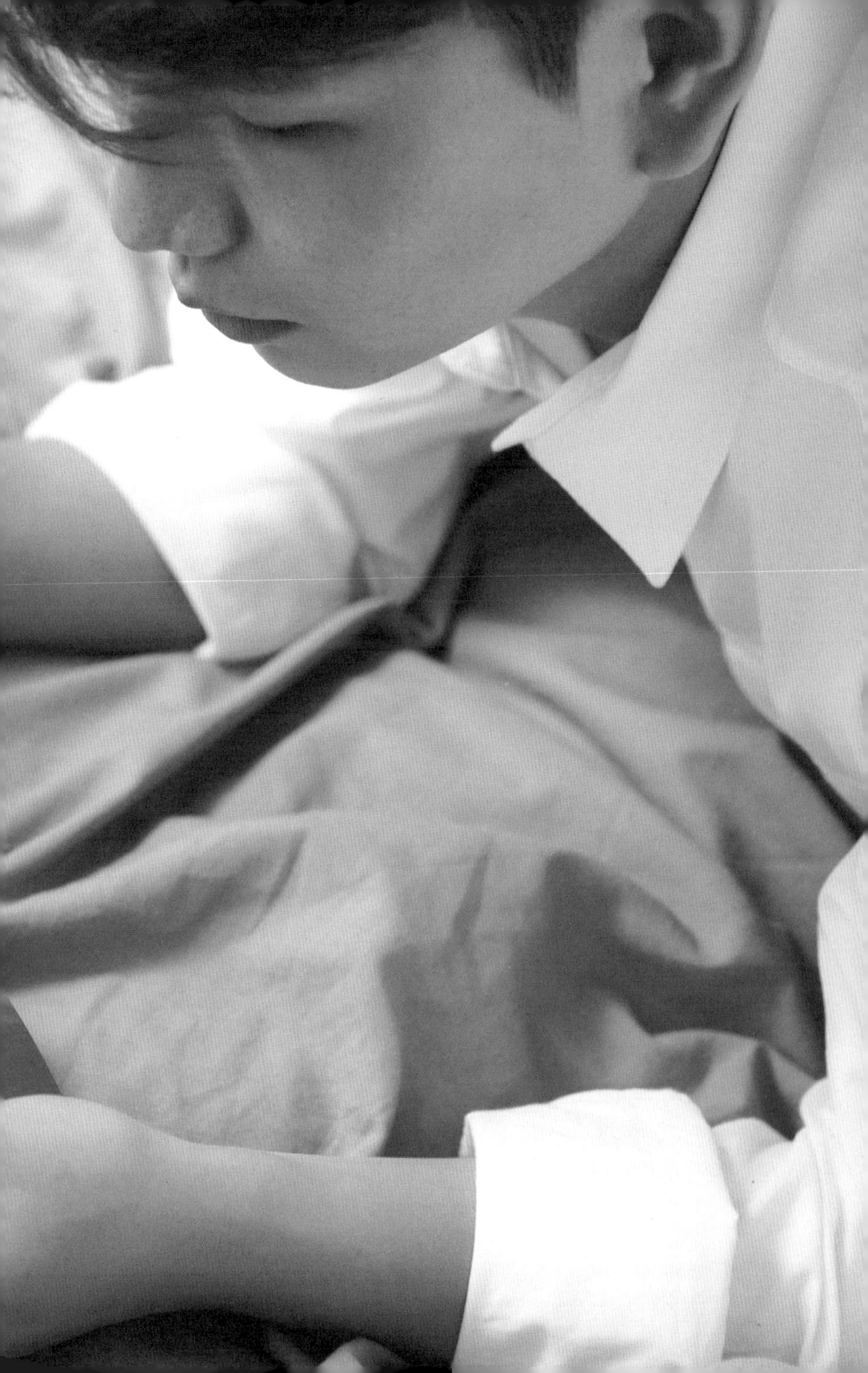

집이라는 세계

새로 이사할 두 번째 신혼집 전세금 대출을 위해 주민등록초본을 출력했다.

'뭐가 이리 많은 거지?'

빼곡하게 적힌 내용을 자세히 들여다보니 지금 내가 사는 집까지 빠짐없이 기록돼 있었다.

'그동안 참 많은 곳을 거쳐 살았구나…….'

순간 많은 생각이 스쳤다. 내가 기억하지 못하는 내 본적이 있고, 내 기억 속에 남아 있는 유년 시절의 집과 서울로 이사 온 뒤에도 여러번 이사한 흔적이 고스란히 남아 있는 '나의 역사 기록물'이었다. 지금까지의 내 인생이 파노라마처럼 스쳤다. 묘한 감정이 가슴속 깊은 곳에서 올라왔다.

빼곡하게 적힌 그곳들 중 어느 하나 중요하지 않은 공간이 없었다. 누구든 자신이 사는 공간을 빼놓고 그 사람의 인생을 말할 수 없다. 우리가 역사 속 위인들의 생가를 방문하는 것도 그런 이유 때문이 아닐까. '그의 인생이 시작되고, 머물렀던 곳'. 그래서 공간은 우리 삶에 정말 중요하다.

'공간은 사람을 닮는다.'

난 이 말을 참 좋아한다. 각기 다른 사람이 사는 그들만의 공간을 보고 있으면 그 사람이 좋아하는 것이나 취향, 관심사 그리고 소소한 일상까지 여실히 드러난다. 아무리 숨기려고 해도 그 사람의 모습이 그대로 보인다. 월세든 전세든 자가든 그런 건 중요치 않다. 내가 사는, 내 몸을 쉴 수 있는 곳이 바로 내 '공간'이다. 그러니 그 공간을 우리는 아끼고, 가꾸고, 보듬어야 한다. 내 건강을 위해 운동을 하고 때로는 피부 관리도 받고, 때가 되면 머리카락도 자르고, 나와 어울릴 만한 옷을 사는 것처럼. 내 공간을 가꾸는 것도 나를 돌보는 일 중 하나다.

평화로운 주말 오후, 약간은 나른해지는 시간. 햇살이 온 방을 감싸면 마치 엄마 품에 안긴 듯 몸도 마음도 안심이 된다. 창으로 들어오는 햇살에 눈이 부셔 미간은 살짝 찡그려지지만 이내 스르르 잠이 든다. 그리고 잠에 빠지기 바로 직전의 찰나에 우리는 생각한다.

'맞아, 행복은 실은 이렇게 가까이에 일상적으로 있지.'

봄이면 이렇게 아무렇게나 누워 낮잠을 잘 때, 여름엔 거실에서 에어컨을 켜고 얇은 리플 이불 한 장 덮고 누워 TV를 볼 때, 가을엔 식탁에 둘러앉아 잘 익은 밤고구마에 김치 한 장 올려 먹을 때, 겨울엔 뜨끈한 방에서 귤 까 먹으며 좋아하는 만화책을 쌓아놓고 읽을 때. 행복은 이렇게 집 안 도처에 널려 있다. 원한다면 누구든 집어가라고.

공간을 꾸미다 보면 나에 대해서 미처 의식하지 못했던 부분까지 더 잘 알게 된다. 내가 푹신한 소파를 좋아하는지, 적당한 쿠션감이 있는 탄탄한 안락의자를 좋아하는지, 잎을 좋아하는지, 꽃을 좋아하는지, 머그컵을 좋아하는지, 투명한 유리컵을 좋아하는지 같은 소소한 부분까지. 그리고 그 순간 작은 것 하나하나가 소중하게 느껴지고 공간에 대한 애착이 스멀스멀 올라온다. 집이 나의 라이프 스타일대로 배치되고, 내가 좋아하는 소품들이 놓이고, 나의 향기로 채워지면 공간과 나는 하나가 된다. 그래서 세상에는 어디에도 같은 공간이 존재할 수 없다. 그렇게 나는 자연스럽게 집돌이가 됐다. 북적이는 밖에서 사람들과 왁자지껄 보내는 시간보다 편안한 내 공간에서 공간을 돌보고 나를 돌보며 시간을 보내는 것이 더 즐거워진 것이다.

우리는 가끔 '내 인생에도 좀 드라마틱한 변화가 있으면 좋겠다'라는 생각을 한다. 나도 그런 생각을 한 적이 있다. 가만히 앉아서 언제 올지 모르는 변화의 순간, 또는 행운을 기다리기보다 공간을 통해 행복한 변화를 꿈꿔보는 건 어떨까. '공간이 바뀐다고 뭐 인생까지 바뀌겠어?' 싶을지도 모르지만, 내 경험에 비추어보면 '그랬다'. 내 삶이 그랬고, 또 내가 바꿨던 공간에 살던 사람들이 그랬다. 세상은 내 마음대로 되지 않지만 집이라는 세계에서 주인공은 나라는 사실을 잊지 말자.

내 생애
첫 번째 방

거실에 놓아둔 책장 맨 아래 칸 구석에서 합성피혁이 다 벗겨진 낡은 앨범 하나가 불쑥 튀어나와 부랴부랴 이삿짐 싸던 손을 멈췄다. 조심스레 앨범을 꺼내 소복이 쌓인 먼지를 톡톡 털고는 한 장 한 장 펼쳐보았다. 정말 오랜만이다. 어릴 때는 손때가 까맣게 묻도록 넘겨보고, 새로 찍은 사진을 넣어두던 앨범인데 언제부턴가 그 존재조차 잊고 살았다. 아마도 스마트폰과 SNS가 주는 편의에 기대기 시작하면서부터였을 것이다.

무엇이든 처음이 있다. 앨범에는 그 처음이 가득 담겨 있었다. 기억은 나지 않지만 처음 맞은 생일, 처음 유치원에 간 입학식 날, 처음 갔던 소풍, 처음 해본 운동회까지. '처음' 만큼 설레는 단어는 세상에 없다. 수많은 처음들 사이에서 어정쩡한 사진이 하나 보인다. 나무로 만든 이층 침대와 책상 하나가 달랑 들어가 있는 방에서 누나와 내가 환하게 웃고 있는 사진이다. 집에서 찍은 이 대수롭지 않아 보이는 사진은 사실 내게는 대단한 날이었다. 바로 처음 내 방이 생긴 날!

내 기억 속 '첫 번째 방'은 아쉽게도 온전히 나만의 방은 아니었다. 한 살 터울의 누나와 함께 쓰는 공간이었다. 하지만 내 방을 가졌다는 기쁨은 아직도 생생하다. 부모님과 함께 자던 어린아이에서 벗어나 비로소 독립적인 한 사람이 된 느낌. 이젠 더 이상 밤에 혼자 있는 걸 무서워하는 꼬맹이가 아니라는 기쁨. 내 방이 생기며 갖게 된 스스로에 대한 대견함은 나이를 먹어서도 잊히지 않는다. 사진으로 보니 이렇게도 작은 공간인데 그땐 왜 그리 커 보였는지. 그때의 내가 작았기 때문일 수도 있지만 아마도 처음으로 맞이한 내 공간이 주는 행복감 때문이지 않았을까.

지금도 눈을 감고 떠올리면 마치 다시 그곳에 있는 것처럼 방의 모습이 눈에 선하다. 방문을 열고 들어가면 바로 이층침대가 보이고 그 옆으로 누나와 내 옷을 넣어두던 옷장과 책상이 있었다. 그 책상 하나에 누나와 같이 앉아 알콩달콩 장난도 치고 공부도 했다. 창문 너머로는 사계절을 고스란히 보여주는 야트막한 야산도 보였다.

돌이켜보니 어쩌면 그 작은 방에서 나는 처음으로 공간에 대해 생각했는지도 모르겠다. 기껏 해야 3평짜리 방에서도 좋아하는 공간을 따로 만든 걸 보면.

그곳은 다름 아닌 원목 이층 침대다. 일층은 누나, 이층은 내 공간이었다. 이층은 나무로 된 계단을 오르락내리락 해야 했지만 그땐 그게 어쩜 그리 재미있던지…….

그 시절 이층 침대는 집 안에서 나 혼자만 있을 수 있는 비밀 아지트였다. 잠만 자는 게 아니라 침대에 엎드려 책을 읽기도 하고, 장난감을 갖고 놀기도 하고, 가끔은 멍하니 누워 공상에 빠지기도 했던 개구쟁이 시절 제이쓴의 비밀 공간. 그곳에선 누구의 방해도 받지 않고, 오롯이 내가 주인이 됐다. 혼자 놀고 싶은데 누나가 이층으로 올라오려고 하면 "여긴 내 침대야. 지금은 아무도 들어오지 마"라며 으스댈 수도 있고, 내 기분에 따라서 "그래, 한 번만 들어오게 해주지" 하며 대단한 은혜라도 베푸는 것처럼 굴 수도 있었다.

말은 이렇게 해도 보통의 남매들과 달리 나는 어릴 때부터 지금까지 누나와 큰 싸움 한번 없이 사이좋게 지내고 있다. 사춘기 시절을 지나오며 으레 서먹해지기 마련이라는데 그런 것도 없었다. 나는 그 이유 역시 이층 침대에서 찾는다.

신기하게도 이층 침대에 눕기만 하면 학교에서 있었던 일이며, 내가 좋아하는 친구 이야기며, 시시콜콜한 마음속 이야기들이 술술 나왔다. 나를 위해 늘 양보하고, 맞벌이하시는 부모님을 대신해 등하굣길을 항상 함께해주고, 밥이랑 간식까지 챙겨준 누나였기 때문에 든든하고 기댈 수 있던 것도 사실이지만 이층침대가 주는 묘한 편안함과 안락함이 나를 늘 무장해제시켰다. 그래서 어릴 적 내 방을 떠올리면 누나에 대한 애틋한 마음이 함께 떠오른다.

그렇다고 이층침대에서의 추억이 모두 즐겁기만 한 것은 아니다. 나의 동심이 무너진 일도 그즈음 이층침대에서 있었다. 여덟 살의 크리스마스이브였다. 나는 산타 할아버지가 올해에는 어떤 선물을 주실지 기대하며 잠을 못 이루고 뒤척이고 있었다. 그때 삐거덕 소리를 내며 조심스레 방문이 열렸다. '산타 할아버지가 왔구나!' 놀란 나는 슬그머니 눈을 감고 자는 체를 했다.

"애들 잠들었지?"

'이 익숙한 목소리는 뭐지?' 실눈을 뜨고 살짝 보니 그 목소리의 주인공은 다름 아닌 아빠였다. 내가 깨어 있다는 건

꿈에도 모르고, 살그머니 선물을 놓고 가시는 부모님의 모습에 충격과 배신감은 이루 말할 수가 없었다. 그때의 나에게는 상처가 되었던, 하지만 지금 돌이켜보면 미소 짓게 되는 이런 소소한 추억도 이층 침대에서 있었다.

이층 침대는 내 인생에서 잊히지 않는 가장 소중했던 공간 중 하나다. 태어나서 처음 가져본 나만의 공간이었고, 어린 시절의 시시콜콜한 사연들이 함께한 장소이기도 하다.

누구에게나 이런 '첫 공간'이 있을 것이다. 이곳에서의 경험은 많은 가능성을 품는다. 처음 가진 나만의 공간에서 어떤 시간을 보내느냐는 정서에도 큰 영향을 미친다. 외국에서는 아이들에게 일찌감치 혼자만의 공간을 만들어준다. 갓난아기 때부터 아기 방의 아기 침대에서 재우고 대신 애착인형을 하나 준다고 한다. 잠에서 깨 울다가도 애착인형으로 스스로 달래는 법을 배우는 외국의 아기들은 그런 과정 속에서 독립심을 배운다.

우리는 그런 문화는 아니지만 나는 아이가 있는 집에는 꼭 예쁜 침대를 추천한다. 처음으로 혼자 자는 독립적인 공간이자 내가 주인이 되는 공간인데 '아무거나'는 가당치 않다. 그리고 무엇보다 내가 그랬던 것처럼 아이들이 추억과

꿈을 키우는 공간으로는 딱딱한 책상보다 폭신한 침대가 더 잘 어울리니까.

우리는 모두 멋진 공간에 살 권리가 있다

잠시 시간이 생겨 노트북을 켜고 웹서핑을 시작한다. 오늘도 내가 찾는 건 인테리어가 예쁜 집들. 시간이 날 때면 으레 하는 습관이다.

'어, 이런 조명이 있었네. 이 공간을 이렇게 꾸미는 아이디어도 괜찮은데…….'

예쁘게 꾸며진 집들을 보면서 생각지 못했던 아이디어를 얻기도 하고 요즘 트렌드를 배우기도 한다. 그리고 내 공간에 넣어보면 어떨까 상상도 한다.

그렇게 내 공간이, 또는 내가 좋아하는 사람의 공간이 점점 달라지는 모습을 그려본다. 어느새 기분이 좋아진다. 소중한 공간이 멋지게 변하는 일은 정말 기분 좋은 경험이다.

누구나 '멋진 집'에서 살고 싶어 한다. 아니 정확히 말하면 '멋진 공간'에서 살고 싶어 한다. 현재는 한 평 남짓 안 되는 고시텔에 있거나, 작디작은 원룸에 살고 있다고 해도 말이다. 자신이 좋아하는 인테리어로 근사하게 꾸민 공간에 있는 자신을 꿈꾼다. 나 역시 비록 현실은 다르지만 언젠가는 꼭 멋진 집에서 살고 싶다는 꿈을 꾸던 때가 있었다. 20대에 호기롭게 도전했던 호주 어학연수에서였다.

다니던 대학을 그만두고 무작정 호주 브리즈번으로 떠났다. 20대의 패기와 열정이 가득했던 그때는 첫 외국 생활에 대한 기대감으로 한창 부풀어 있었다. 새로운 환경과 새로운 문화, 새로운 사람들을 만난다는 설렘이 가득했다. 집의 크기와 상관없이 그저 외국에서 공부하고 생활한다는 것만으로도 활력이 나던 시절이었다.

그래서 셰어하우스에서의 첫 시작도 처음엔 그리 나쁘지 않았다. 요즘에는 우리나라에서도 많이 하고 있어 다들 알겠지만 '셰어하우스'란 여러 사람이 한집을 공동으로 임대해 사는 것을 말한다. 셰어하우스마다 셰어 방식은 약간씩 차이가 있지만 대개 침실은 개인별로 사용하되, 거실이나 주방, 욕실은 공동으로 사용하는 식이다.

넓고 쾌적한 집에서 혼자 살았으면 물론 더 좋았겠지만, 풍족하지 않은 어학연수생에게 셰어하우스는 당연한 선택이었다. 나에게 주어진 공간은 침대 하나 겨우 들어가는 작은 방뿐이었지만 어쨌든 '나의 공간'이 호주의 어느 도시에도 생긴 셈이었다.

나의 첫 셰어하우스는 한쪽 벽에 아주 심플한 침대가 있고, 맞은편에는 책상이 하나 있었다. 그게 다였다. 하얀 벽에 가장 기본이 되는 가구만 있는 그런 방. 게다가 주방이나 욕실은 다른 유학생들과 공동으로 사용해야 했다. 공동으로 사용하는 공간이 많았던 만큼 개인 생활은 거의 보장되지 않았다. 오로지 방 하나만이 나의 공간이었기에 집이라는 느낌보다는 기숙사에 가까웠다. 처음엔 그런 분위기도 괜찮았지만, 시간이 갈수록 불편한 마음이 커졌다. 아마도 집이 주는 따스함과 편안함을 별로 느끼지 못했기 때문이 아니었을까. '혼자만 생활할 수 있는 집이 있으면 좋겠다'라는 생각이 들면서 점점 더 내 공간에 대한 갈증이 생겨났다.

사실 셰어하우스는 경제적으로는 엄청난 매력이 있지만 생활공간으로는 아쉬운 점이 많다. 한정된 예산으로 생활하고 공부를 마쳐야 했기 때문에 숙소는 정말 잠만 자는 공간으로 생각했고, 나는 오로지 비용을 아끼는 데만 몰두했다. 한 달에 한 번 숙소를 옮길 때도 있었고, 짧게는 일주일도 살

지 못하고 집을 옮기기도 했다. 방이 아닌 거실을 셰어해서 살기도 했다. 한국에서는 아주 낯선 풍경이지만 호주에서는, 특히 시드니처럼 주거공간이 부족한 경우, 아주 흔한 일이다. 거실은 물론 베란다까지 셰어하는 경우도 있다.

그렇게 좁디좁은 공간에서 생활하던 어느 날, 호주의 한 친구 집에서 내 취향을 발견했다. 어학연수다 보니 주변에 다양한 국적의 유학생들이 많아 정작 호주 친구를 사귈 일은 적었다. 그런데 호주 학생 중 한 명이 평소 한국 문화에 관심이 많았다며 내게 친근하게 다가와주었다. 자연스레 가까워지게 됐고, 먼 타지에서 고생하는 나를 고맙게도 곧잘 챙겨줬다. 그러던 그가 하루는 자신의 본가로 나를 초대했다. 시드니 번화가가 아닌 컨트리사이드에 있던 그의 본가는 어릴 때 본 만화영화 '빨강 머리 앤' 속의 집과 같은 모습이었다.

집으로 가는 길에는 자그마한 냇가가 흐르고 있고, 냇가 위 통나무를 밟고 지나가면 아름다운 야생 장미 넝쿨이 나왔다. 장미 넝쿨을 따라 장미향에 취해 걷다 보면 진한 초록색 언덕 위에 통나무로 지어진 집이 한 채 있었는데, 바로 그 집이 그 친구 네 가족이 몇 세대를 걸쳐 대대로 함께해온 곳이었다. 오래된 집이었지만 신기하게도 낡은 느낌보다는 지나온 시간을 그대로 품은 중후한 매력이 넘치는 곳이었다. 그런 집을 보고 있으니 가슴이 두근거리기 시작했다. 이내 몸까지 뜨거워지는 느낌이드는 게, 처음 경험하는 감정이었다. 그제서야 알았다. '내가 이런 공간을 좋아하는구나'. 시간의 흐름에 따라 멋지게 나이 든 집, 가족의 이야기가 세월을 따라 흐르고, 따뜻함이 밴 인테리어가 정감 있는 집.

지금 생각해보니 20대 초반 호주 유학생이었던 그때, 내 공간에 대한 애착이 점점 커가고 있었던 듯하다. 누군가와 함께해야 하는 공간이 아닌 나 혼자만의 공간이 필요했다. 하지만 나에게 허락된 공간은 터무니없이 작았다. 여러 사람과 함께하면 외롭지 않을 줄 알았는데 오히려 낯선 사람들 틈에서 생활하며 더 외롭고 쓸쓸했다. 그래서 나에게 허락된 공간이 더 답답하고 그곳에서 벗어나고 싶은 마음이 간절했던 게 아닐까 싶다.

20대 기억 저편에 있는 나의 공간에 대한 기록들을 들추면서 새삼 내가 그토록 갖고 싶어 했던 '공간'에 대한 생각을 한번 정리해본다. 공간은 누군가에게 위안이 되고, 누군가의 친구가 되고, 누군가의 자존감을 높여준다. 그 공간에 살면서 자신을 성장시키고 새로운 사람으로 다시 태어나게 한다.

좀 거창하게 들릴지도 모르겠지만 내 생각은 그렇다.

"인테리어가 단순히 공간을 바꾸고 예쁘게 꾸미는 일이라고만 생각하지 않아요. 공간을 바꾸면 인생이 바뀐다고 생각해요. 공간은 그 사람을 닮기 마련이거든요. 자기 자신을 바꾸고 싶다면 공간을 바꾸세요. 평범했던 제가 공간을 바꾸기 시작하면서 인생의 변화가 시작된 것처럼 말이에요."

어느 인터뷰에서 내가 했던 말이다. 공간은 사람의 인생을 바꿀 수도, 정체하게 만들 수도 있다. 그런 까닭에서라도 우리는 모두 멋진 공간에 살 권리를 충분히 누려야 하지 않을까.

제이쓴이 되다

2012년 겨울, 내 인생에 큰 변화가 시작되고 있었다.

때는 바야흐로 호주 어학연수에서 돌아와 다시 대학에 들어갔을 무렵이었다. 새로 입학한 학교는 본가에서 꽤 거리가 있어 대중교통을 이용해 통학하기가 어려웠다. 그래서 생각한 게 바로 '독립!'

하지만 독립이 어디 쉬운가. 취향에 맞는 집을 구하는 일도 어렵고, 살림살이를 모두 새로 장만해야 하는 것도 부담스럽고, 식사나 청소까지 혼자 해결해야 하니 큰 결심이 필요한 일이었다. 그러나 다른 선택지가 없었다. 이왕 결심한 일이니 바로 실행에 옮겨야겠다고 생각했다. 부모님은 쉽지 않을 거라고 걱정하셨지만 나름 잘하고 살 자신도 있었다.

'첫 독립.'

설렘 가득한 이 단어가 주는 느낌은 정말 짜릿했다. 부모님 품에서 벗어나 오롯이 혼자 생활할 수 있는 공간이 생긴다고 생각하니 입꼬리가 절로 올라갈 만큼 가슴이 두근거렸다. 그렇게 부푼 가슴을 안고 당시 근처 부동산에 나온 원룸이란 원룸은 모두 가볼 정도로 열심히 집을 보러 다녔다. 거의 마흔 군데는 본 것 같다. 하지만 안타깝게도 내 마음에 쏙 드는 집은 쉽게 찾아지지 않았다. 부모님이 추천한 풀옵션(에어컨, 세탁기, TV 등이 구비되어 있는) 원룸은 너무 좁았다.

호주에서 셰어하우스를 경험해서인지 다른 건 몰라도 좁은 곳에서는 살기 힘들 것 같았다. 그래서 결국 현실과 타협해 내가 꿈꾸던 집과는 거리가 좀 있지만 비교적 넓은 편인 다세대주택을 얻었다. 호기롭게도 마음에 들지 않는 인테리어는 내 손으로 직접 바꾸면 된다고 생각했다. 그렇게 생각하고 보니 너무 세련되고 고급스러워서 감히 건드리기조차 부담스러운 것보다는 적당히 연식이 있어서 내 취향대로 바꿔도 편안하고 자연스러운 느낌이 들 수 있는 곳이 더 좋았다. 물론 그런 곳이 예산에도 맞았다.

나의 첫 자취방은 현관문을 열고 들어가면 한쪽에 싱크대가 있고 싱크대 맞은편에는 방과 이어지는 미닫이문이 있어 방과 주방이 분리되는 집이었다. 보통의 원룸들은 현관문을 열고 들어가면 바로 방이 나오고 방 한쪽에 싱크대가 있는 구조인데, 분리되어 있다는 것만으로도 일단 합격이었다. 공간이 분리되면 방이 주는 안락함은 훨씬 더 깊어지고 편안하기 때문이다. 그리고 방과 주방을 분리해주는 미닫이문은 일반적인 여닫이문보다는 개방감이 있어 작은 원룸도 훨씬 넓어 보이는 효과가 있다.

하지만 중요한 문제가 있었다. 집 분위기가 전체적으로 너무 칙칙했던 것. 몰딩과 창문, 방문, 싱크대까지 어쩌면 그렇게 마치 '깔맞춤'이라도 한 것마냥 온통 체리색인지……. 게다가 꼬질꼬질한 꽃무늬 벽지는 또 어쩌지. 한숨이 절로 나왔다. 이건 도저히 참을 수 없는 부분이었다.

온통 어두운 분위기의 이 집을 산뜻하고 깔끔하게 바꾸는 좋은 방법이 없을까? 그날로 바로 인터넷을 뒤지고 서점을 들락거리기 시작했다. 하지만 아무리 인터넷 검색을 하고 서점에서 인테리어 관련 책과 잡지를 찾아봐도 나처럼 인테리어에 대해 잘 모르고 빠듯한 지갑 사정을 고려해주는 자료는 찾기 어려웠다. 대부분이 작은 거실을 꾸미는 데조차 엄청난 돈이 들어간다는 것을 친절하게 소개하고 있을 뿐이었다. 그래서 결국 나는 인터넷에서 찾은 몇 가지 이미지 사진을 참고해 혼자 아이디어를 짜내 직접 부딪혀 보기로 결심했다.

공간을 어떻게 만들고 꾸밀지 상상해보는 일은 생각한 것 이상으로 즐거웠다. 도면은 학창시절 기술 시간에 그려본 게 전부였지만, 나름대로 도면까지 그려가며 어디를 어떻게 꾸밀지 구상했다. 모든 게 어설펐지만 막상 그려보니 완성했을 때의 느낌을 어느 정도 생각해볼 수 있었다. 셀프 인테리어를 생각하고 있다면 도면을 꼭 그려볼 것을 추천한다. 상상이 어떻게 현실이 될지를 더 잘 떠올릴 수 있기 때문이다. 이는 완성도를 높이는 데에도 도움이 된다.

이렇게 심혈을 기울여 선택한 나의 인테리어 콘셉트는 '블랙 앤드 화이트'! 좀 뻔한 것 같지만 그 시절 내가 촌스럽지 않게 할 수 있는 최선이었다.

바닥은 그대로 두고 벽 전체는 화이트 컬러 벽지로 발라 넓어 보이게 하고, 몰딩과 싱크대도 깔끔한 화이트 컬러로 깔끔하게 바꿨다. 가구는 블랙 앤드 화이트로 단정한 느낌을, 침대 옆에는 방 안 분위기를 은은하게 바꿔줄 키 큰 조명을 놓고, 창문 옆에는 전신 거울로 방이 좀 더 넓어 보이는 효과를 살렸다. 우중충한 현관 바닥은 인조잔디를 깔아 생동

감을 주었다. 거기에 침구는 금방 때가 타지 않는 네이비 컬러로 놓고, 아기자기한 소품을 활용해 공간을 더욱 풍성하게 만들어주고 나니 드디어 머릿속으로 그리던 방의 모습이 보이기 시작했다.

처음이라 그런지 인테리어를 완성하기까지 꼬박 일주일이 넘게 걸렸다. 대공사는 아니었지만 혼자 힘으로 하나하나 해야 했기에 그만큼 시간과 노력이 엄청나게 들어갔다. 지금 생각해보면 너무 미흡했지만 그 시작이 지금의 나를 만들어준 계기가 된 것만은 분명하다. 그때까지만 해도 인테리어를 본격적으로 해야겠다는 '빅픽처'는 전혀 없었다. 계획대로 되는 게 하나도 없는 것 같은 삶은 때때로 이렇게 전혀 예상치 못한 곳에서 풀리기도 한다.

나의 첫 셀프 인테리어는 대학생이었기에 가능했다. 돈 한 푼이 아쉬워 직접 하다 보니 셀프 인테리어가 됐고, 빠듯한 주머니 사정 탓에 작은 조명 하나, 벽에 걸 액자 하나도 직접 만들면서 작은 소품 하나가 분위기를 얼마나 안락하고 따스하게 해주는지도 알게 됐다. 그리고 그 덕분에 인테리어가 얼마나 재미있는 일인지, 원하는 그림대로 완성되었을 때의 기쁨이 얼마나 큰지도 깨닫게 됐다. 셀프 인테리어는 내가 사는 공간만 바꾼 것이 아니라 내 마음속 공간까지 바꿨다고 해도 과언이 아니다.

또 하나, 신기하게도 인테리어를 하는 동안 나 자신에게 집중하고 있는 나를 발견할 수 있었다. 인테리어를 구상하고, 또 작업하면서 사색하는 시간이 생겼다. 그럴 때면 스스로 '내가 좋아하는 게 뭐지?', '나는 어떤 공간을 좋아하지?' 물으며 나를 돌아봤고, 몸을 쓰는 작업을 하면서도 나와 주변 사람들에 대해 이런저런 생각을 했다. 그리고 나도 모르는 사이에 이런 변화는 내 인생까지 바꾸고 있었다.

첫 자취방을 내 마음대로, 내 취향대로 인테리어를 해보니 많은 예산을 들이지 않고 내 공간을 마음껏 꾸밀 수 있다는 사실이 너무 뿌듯했다. 그리고 이 모든 것을 나 혼자만의 힘으로 처음부터 끝까지 해냈다는 희열도 있었다. 이 기분을 사람들과 나누고 싶어졌고, 이 과정과 자료들이 꽤 괜찮은 콘텐츠가 될 수 있음을 직감했다. 왜냐하면 평범한 대학생이었던 내가 자취를 시작할 때 꼭 필요했던 자료였기 때문이다. 많은 사람들이 알고 있는 최초의 나, '제이쓴의 좌충우돌 싱글라이프' 블로그는 그렇게 시작됐다.

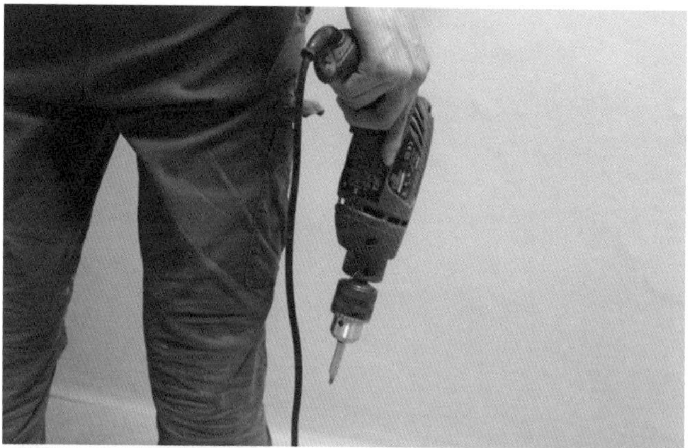

연제승의
비전보드
<10년 후>
<20년 후>

Interior Tip

집 구할 때 이것만은 꼭!

인터넷이나 애플리케이션으로 시세 파악

집을 구하려는 지역의 시세를 인터넷이나 애플리케이션으로 먼저 파악해 두면 가격 조정에 훨씬 유리하다.

마음에 든다면 낮과 밤 모두 가보기

낮에는 채광과 통풍을 확인하고, 밤에는 집까지 가는 골목이 어둡지는 않은지, 사람들의 왕래는 많은지, 가로등은 잘 작동하는지, 소음이 심하지 않은지 확인해보자.

생각보다 중요한 결로, 곰팡이

결로 현상이 있으면 곰팡이가 생기기도 쉽다. 따라서 결로 현상은 없는지, 집에 곰팡이는 없는지 잘 살펴보자. 이는 통풍, 단열 상태와도 연결된다.

기본 중의 기본, 수압과 배수

싱크대, 세면대, 샤워기 수압은 기본. 싱크대와 세면대 수도를 동시에 틀었을 때 어떤지까지 확인하는 것을 잊지 말자. 하수구 냄새가 심하다면 배수에 문제가 있는 것이므로 집주인에게 미리 확인하자.

전·월세라면 등기사항전부증명서(등기부등본) 확인

집이 마음에 든다고 무턱대고 계약을 했다간 후에 보증금을 돌려받지 못하는 경우가 생길 수 있다. 등기부등본을 통해 임대인의 대출금은 어느 정도인지, 계약 기간 만료 후 보증금을 돌려받을 수 있는지 살펴보자. '대법원인터넷등기소' 사이트에 들어가면 누구나 열람 가능하다.

전·월세 계약서 작성 시 특약사항 꼼꼼히

만약 전세자금대출을 이용할 거라면 사전에 가능 여부를 확인하고 계약서 작성 시 특약사항에 세부 내용을 꼭 넣어야 한다. 인테리어를 할 때도 주인의 동의가 있어야 하므로 특약사항에 빠뜨리지 말고 기재한다. 세입자는 계약 만료와 동시에 원상복구의 의무가 있음을 잊지 말자.

집 구할 때 꼭 확인해야 할 체크리스트	YES	NO
1 현관의 크기는 넉넉한가요? 큰 짐이나 유모차가 들어올 수 있는 크기인지 확인하세요.	☐	☐
2 신발장은 수납공간이 넉넉한가요?	☐	☐
3 거실은 채광과 환기가 잘되는 구조인가요? 11~16시경 방문해 불을 모두 끄고 확인하세요.	☐	☐
4 방범창이 설치돼 있나요? 복도식 구조라면 복도 쪽 창도 확인하세요.	☐	☐
5 베란다는 이중창이 설치돼 있나요?	☐	☐
6 층간 소음, 외부로부터의 소음은 괜찮나요? 베란다 창문을 열고 닫아보며 소음을 확인하세요.	☐	☐
7 방에 곰팡이는 없나요?	☐	☐
8 욕실과 싱크대의 수압은 괜찮나요? 온수일 때, 둘 다 틀었을 때도 확인하세요.	☐	☐
9 하수구 냄새가 올라오지는 않나요? 수도관이 노후된 것일 수 있어요.	☐	☐
10 수도관 또는 보일러 교체 시기를 확인했나요?	☐	☐
11 주차는 가능한가요? 몇 대까지 가능한지도 확인하세요.	☐	☐
12 바퀴벌레나 개미가 있지 않나요?	☐	☐
13 월평균 관리비가 많이 나오지는 않나요?	☐	☐
14 인근에 대중교통 이용이 용이한가요?	☐	☐
15 주변에 녹지공간이나 편의시설 등이 잘 구비되어 있나요?	☐	☐

PLACE II

누군가의 공간

CEREAL

In this volume, we visit the iconic Farnsworth House; tour the cafés of Chicago and Edinburgh and escape to the Shetland Islands. We spend the day at Wimbledon, meeting Violet of Van Uytrea and Grant Achatz, and meditate on the subject of desire.

VOL.14 AW 2017 £12

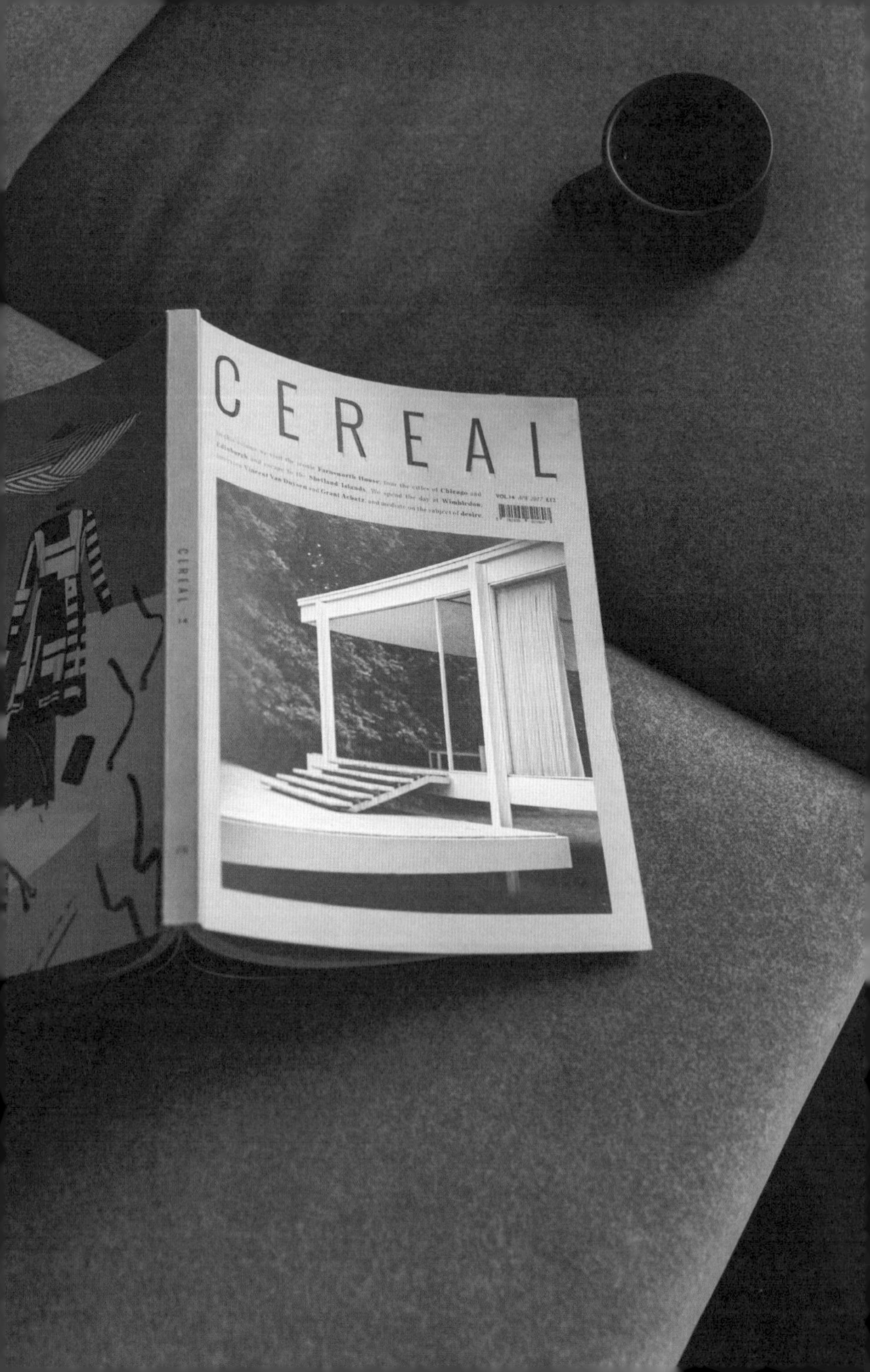

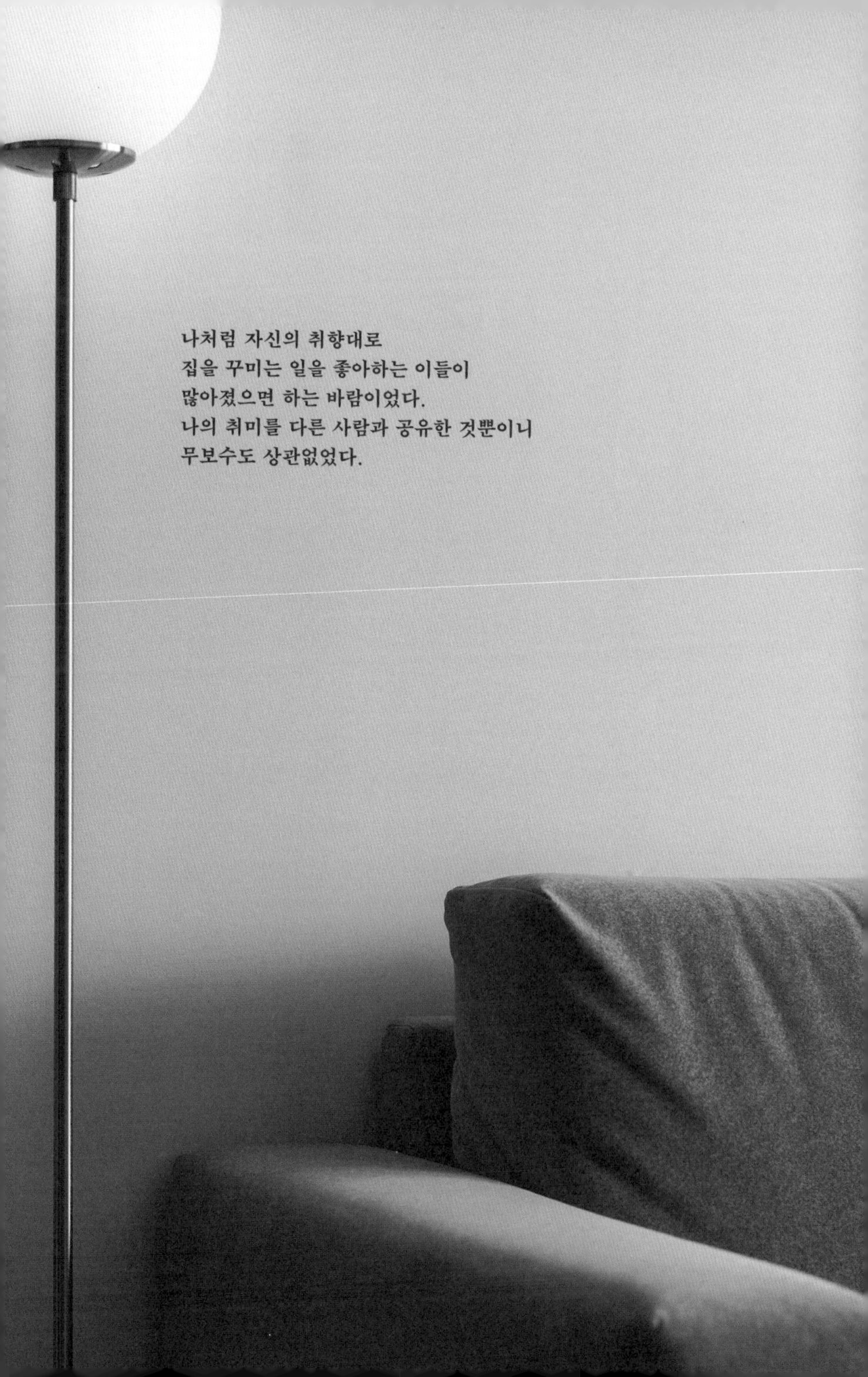

나처럼 자신의 취향대로
집을 꾸미는 일을 좋아하는 이들이
많아졌으면 하는 바람이었다.
나의 취미를 다른 사람과 공유한 것뿐이니
무보수도 상관없었다.

오지랖 이라고요?

보글보글 라면을 끓여 탁자 위에 올려놓고 TV를 켰다. 라면을 먹을 땐 역시 TV만 한 친구가 없다. 뉴스가 방송 중이었는데 앵커가 청년 취업률이 해마다 떨어지고 있다고 열변을 토한다. 요는 한창 일해야 하는 나이에 직장을 가지지 못해 문제가 심각하다는 것. 어, 그런데 유심히 들어보니 앵커가 이야기하는 취업이란 건 크든 작든 회사에 입사하는 걸 말하는 듯하다.

대학을 졸업하면 꼭 회사에 취직해 샐러리맨이 되어야 하나? '회사'라는 직장에 다니지 않으면 인정을 받지 못하는 건가? 좋아하는 일에 도전하면서 자신의 삶을 만들어나가는 것도 충분히 멋진 일 아닐까? 꼭 회사에 취직하지 않더라도 조금 다르게 일을 찾아갈 수 있지 않을까? 괜스레 삐뚤게 생각해보게 된다. 각자의 생김새만큼이나 각자의 '다름'을 인

정해주는 사회는 요원한 걸까.

돌이켜보니 나는 정석대로의 삶을 그리 좋아하지 않았다. 대학을 나오고 취직을 해 꼬박꼬박 회사에 출근하는 그런 삶 말이다. 대신 내가 좋아하는 일을 취미로 하다 보니 우연한 기회에 직업으로 삼게 됐고, 지금까지 해오고 있다. 그 시작이 되었던 '오지랖 프로젝트'도 정말 우연히 시작하게 된 일이었다.

처음 자취방 인테리어 과정을 블로그에 올린 건 나의 작업을 누군가와 공유하고 싶어서였다. 나 역시 그때는 전문가가 아니었으므로 전문가가 아닌 사람의 손으로 직접 바꾼 인테리어 팁들을 알려주고 싶었다. 그게 나의 취미이자 즐거움이었다.

그러던 어느 날 갑자기 블로그 방문자 수가 급증했고, 방문글 알람이 수없이 울려댔다. 인터넷 포털사이트 메인에 내 블로그 글이 소개된 것이다. 지인들에게도 연락이 왔다. 취미로 가볍게 시작한 일이 뜨거운 반응을 얻게 됐다. 처음엔 어안이 벙벙했다.

'이게 다 무슨 일이지?'

그런데 한편으로는 신이 났다. 내 블로그에 관심을 갖는 사람들이 있다는 사실만으로도 하루하루 블로그를 들여다보는 일이 즐거웠다. 그래서 최소한 일주일에 한 번씩은 꼭 블로그에 글을 올리기 시작했다. 셀프 인테리어를 하고 싶어도 과감히 도전하지 못하는 이들을 위해 가능한 한 친절하고 재미있게, 그리고 자세히 알려주고 싶었다. 작업 과정을 하나하나 찍어서 사진을 올리고 설명을 넣었다. 실제 생활에 필요하고 유용한 것들 위주로 거창한 도구 없이, 비싼 제품을 구입하지 않고도 할 수 있는 방법을 알려주었다. 당시 내 블로그뿐만 아니라 인터넷 카페에도 글을 올렸는데, 올릴 때마다 댓글이 정말 엄청나게 달렸다. 내 개인 쪽지함은 질문글로 넘쳐났고 일일이 답변하는 데만도 하루가 모자랄 지경이었다. 그중 셀프로 조명을 설치하는 일이 흔하지 않았던 만큼 조명 설치 방법에 관한 질문은 단연 1위를 달렸다.

"'인테리어'라고 하면 무조건 어렵고 전문가만이 할 수 있는 일이라 생각하게 돼요. 어떻게 혼자서 뚝딱뚝딱 해내는 거죠?"

사람들이 블로그에서 가장 많이 한 질문이다. 나도 예전에는 그랬다. 인테리어는 전문적인 교육을 받아야만 도전할 수 있을 것 같았다. 하지만 달리 생각해보면 인테리어가 별

건가. 거창하게 대공사를 해야만 인테리어인 건 아니다. 내가 좋아하는 액자나 그림을 걸고 소품을 두는 것도 인테리어다. 한번 해보는 게 어려울 뿐이지 일단 해보면 의외로 재밌고 쉬워서 다른 것도 해보고 싶어진다.

그날도 넘쳐나는 쪽지함을 열어 하나하나 정성껏 답변을 보내주고 있었다. 그러다 눈에 띄는 쪽지를 하나 발견했다.

"안녕하세요, 제이쓴 님. 카페에서 눈팅만 하다가 이렇게 블로그까지 들어가 모든 포스팅을 다 보게 되었어요. 혹시 실례가 안 된다면 제가 이사 가는 집 꾸미는 데 도움을 주실 수 있을까요?"

눈치 챘을지 모르지만 나는 좀 오지라퍼다. 게다가 그때는 또 인테리어에 막 재미를 붙이던 때라 뭐라도 해보고 싶은 열정으로 활활 타오르고 있었다. 그런 가운데 이런 간절한 도움 요청이라니. 거절할 이유가 없었다. 위치도 당시 내가 살던 자취집 근처라 부담스럽지도 않았다.

직접 만나 커피를 마시고 이야기를 나눴다. 나처럼 자취하고 있는 평범한 남자였고, 지금 살고 있는 '지극히 현실적인' 남자 자취방을 아늑하게 바꿔보고 싶다고 했다.

자취방에 직접 가 둘러보면서 바꾸면 좋을 것들을 체크했다. 책상도 커튼도 없었기에 바꾼다기보다 새로 들여야 할 것들이 많았다. 누가 쓰다 버린 옷장을 그대로 사용하고 있었는데 그건 과감히 버리고 심플한 행거를 들여왔다. 모던한 느낌을 주는 블라인드도 설치했다. 온라인 쇼핑몰로 주문한 책상을 함께 조립해 창문 아래에 놓고 나니 제법 아늑한 방으로 변신했다. 이렇게 나의 오지랖 프로젝트의 첫 작품이 완성됐다. 어설픈 솜씨에도 나를 믿고 맡겨준 사람이 만족해하는 모습을 보니 오히려 내가 더 고마웠다.

이후 본격적으로 오지랖 프로젝트를 시작하니 누군가 카페 댓글로 '바쁜 세상에 왜 무보수로 남을 도와주냐'고 묻기도 했다. 내가 도움이 되었다면 정말 다행이다. 그때도 지금도 '남을 돕는다'라고 생각하진 않았다. 그렇게 생각하면 왠지 온몸이 간지럽고 쑥스러워진다. 내가 뭐라고. 나는 그저 나와 같은 취미생활을 할 수 있는 사람들이 늘어나길 바랐다. 나처럼 자신의 취향대로 집을 꾸미는 일을 좋아하는 이들이 많아졌으면 하는 바람이었다. 나의 취미를 다른 사람과 공유한 것뿐이니 무보수도 상관없었다.

집을 꾸미고 싶은데 어디서부터 시작할지 모르는 사람들

의 길잡이가 되고 싶었다. 나한테는 쉬운 일이 누군가에게는 힘든 일일 수도 있으니까. 이건 생각의 차이이자 단순한 경험의 차이라는 걸 더 많은 사람에게 알려주고 싶었다.

처음 인테리어를 하면서 아무 생각 없이 벽에 페인트칠을 했는데 벽지가 다 들고 일어나 난감해진 적이 있다. 누군가에게는 기초적인 것이라도 모르는 사람에게는 어려운 일인 것이다. 그때 내가 '누군가의 조언이 있다면 좋을 텐데'라고 생각했던 것처럼 같은 생각을 하는 또 다른 누군가가 어딘가에 분명 존재할 것이다. 그 사람에게 미약하지만 도움을 주자고 생각했다.

일이 아닌 취미이다 보니 대단히 힘이 들지도 않았다. 마냥 즐겼다. 바뀐 공간을 보며 즐거워하는 사람들을 보면서, 그리고 공간 꾸미기를 좋아하게 되는 것을 보면서 저절로 힘이 났다. 그 덕분에 오지랖 프로젝트를 얼마 동안 꾸준히 이어갈 수 있었다.

작업을 하고, 경험치가 쌓이자 내 실력도 나날이 늘었다. 일부분이 아닌 전체를 보는 안목도 생겼다. 어느 순간, 하나하나가 아닌 전체 공간이 머릿속에 훅 들어오기 시작했다. 단순히 인테리어 스킬만 좋아진 것도 아니었다. 그들과 같이

CUBA

페인트칠을 하고, 도배를 하면서 속깊은 대화를 나누게 되었다. 자연스럽게 서울에 왜 왔으며, 어떻게 자취를 시작하게 되었는지, 지금 어떤 목표를 세우고 있는지 등 개인적인 이야기를 주고받게 됐다. 그러면서 그들의 취향을 알게 되고 그들의 방을 어떻게 디자인할지 그림이 그려졌다. 취향을 반영한 디자인에 대해 어렴풋이나마 알게 된 것이다.

많이 즐거웠고, 많이 배웠던, 삶에 다시 없을 소중한 시간이었다. 오지랖 프로젝트를 함께했던 그들에게 오늘 새삼 더욱 감사해진다.

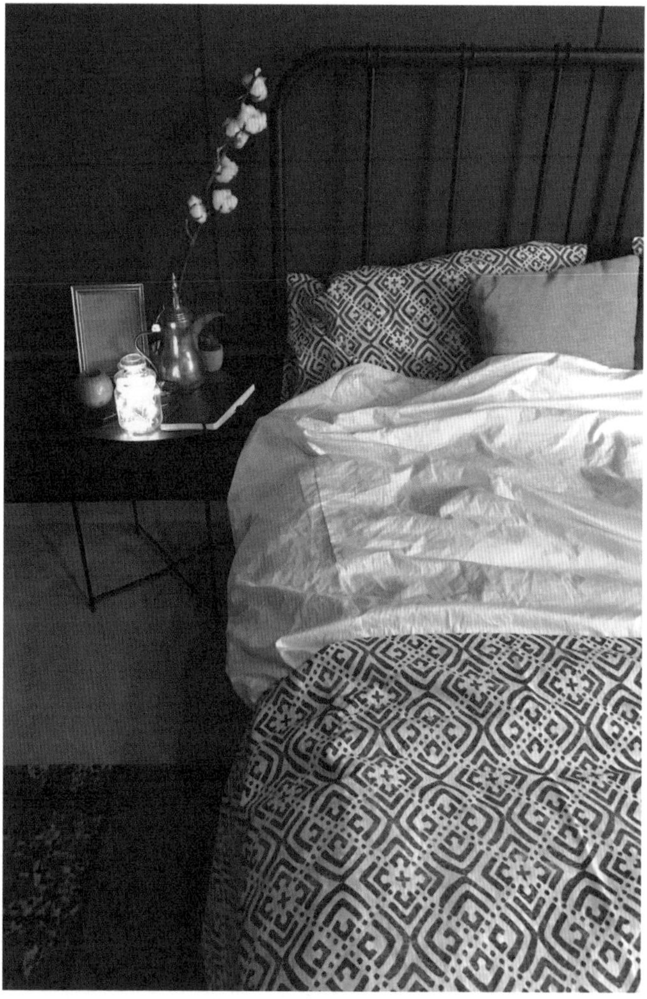

Interior Tip

인테리어를 시작하기 전에 1

어떤 집에 살고 싶나요?

인테리어를 계획하기 전, 가장 먼저 할 일은 어떤 집에 살고 싶은지 생각해보는 일이다. 내가 살고 싶은 집은 편하게 휴식을 취하고 싶은 곳인지, 취미생활을 즐길 수 있는 곳인지, 운동을 할 수 있는 곳인지 곰곰이 생각해보자.

내가 원하는 스타일은?

어떤 집에 살고 싶은지 생각했다면 이제 스타일을 정해보자. 좋아하는 느낌 몇 가지로 통일된 분위기를 만드는 게 중요하다. 심플한 스타일에 자연적인 모티브가 더해진 보태니컬 가구와 소품을 둔다거나 모노톤의 컬러에 레트로풍의 소품을 더하는 식으로 말이다. 컬러는 서너 가지를 정한 다음, 그 톤으로 벽지나 바닥재, 가구, 소품을 고르고, 포인트 컬러를 더한다.

도면 그리기

도면을 그려서 집 구조에 맞게 가구 배치를 고민하다 보면 인테리어 구상이 더욱 명확해진다. 도면을 그릴 때는 손으로 그려도 좋고, 컴퓨터 프로그램, 스마트폰 애플리케이션을 이용할 수도 있다. 컴퓨터 프로그램이나 애플리케이션을 이용하면 보다 입체적으로 그릴 수 있다는 장점이 있다. 줄자로 공간의 가로, 세로, 높이를 재고, 창문과 방문, 들어갈 가구의 가로, 세로, 높이, 그리고 깊이까지 잰다. 도면은 평면적으로 볼 수 있는 평면도와 입체적으로 볼 수 있는 3D 도면이 있으므로 원하는 대로 골라서 그리면 된다.

실측은 이렇게

먼저 줄자를 이용해 가로, 세로, 높이를 재는데 수평, 수직이 잘 맞아야 한다. 수평계를 이용하거나 스마트폰 수평계 어플을 이용해보자. 여러 번 재서 정확한 수치를 확인하도록 한다. 창문 위치나 사이즈도 중요하다. 창문의 가로, 세로 길이를 재고 벽면의 어느 위치에 있는지도 치수를 정확하게 잰다. 그리고 콘센트 위치도 정확하게 확인한다. 그렇지 않으면 가구가 콘센트를 가려 전자제품을 이용할 때 불편할 수도 있다.

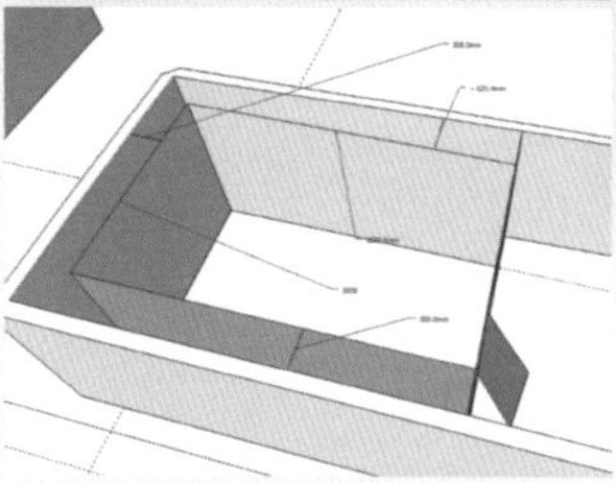

너도 나도 혼자가 아니야

자취방을 얻어 혼자 셀프 인테리어를 했고, 혼자 블로그를 시작했고, 혼자 오지랖 프로젝트도 진행했다(물론 오지랖 프로젝트는 의뢰인과 함께했지만). 내가 이렇게 독립적인 성향이었는지는 나 역시 집에서 독립한 뒤에야 비로소 알게 됐다.

혼자 계획하고, 처음부터 끝까지 흔들림 없이 온전히 내 뜻대로 완성한 결과물은 퀄리티와는 별개로 마음을 가득 채우는 뿌듯함이 있다. 어쩌면 자아도취 상태였을지도 모를 어느 날, 한 회사원으로부터 메시지 하나를 받았다.

"제가 봉사활동을 하는 곳은 성인이 될 때까지 아이들을 보호하는 단체예요. 성인이 되면 퇴소해야 하는데 이번에 퇴소하는 아이 중 부모가 없어 혼자 힘으로 자립해야 하는 친구가 있어요. 단체에서 지원해줄 수 있는 건 약간의 보증금과 월세 정도예요.

그 아이의 앞날을 응원하는 의미로 집을 꾸며주고 싶은데 함께 해주실 수 있을까요?"

이 사연 속 주인공은 어린 나이에 혼자가 돼 여러 사람의 보살핌으로 자라다 이제는 자립을 해야만 하는 만 18세 소년이었다. 보통의 가정에서 자랐다면 독립하기엔 한참 이른 나이다. 부모님 밑에 있을 때는 하루라도 빨리 독립해 누구의 간섭도 받지 않는 자유로운 삶을 꿈꾸기도 하지만 세상에 혼자 던져진다는 건 참으로 두려운 일이다. 게다가 의지할 데 없이 하루하루를 버텨내는 일이라면 더욱 그렇다. 그래서 요즘은 성인이 되어서도 쉽게 부모 곁을 떠나지 않으려는 '캥거루족'들도 꽤 많다는 기사를 본 적이 있다. 다 큰 어른들도 그럴진대 어린 나이에 부모의 도움 없이 혼자 사회에 나와야 하는 막막함이 오죽할까. 오지랖이 또 힘을 발휘할 때가 왔다! 이번에는 정말이지 작은 힘이라도 꼭 보탬이 되고 싶었다.

우선 소년이 살 원룸에 가보았다. 사연을 보내준 회사원으로부터 미리 어느 정도 이야기를 들었는데도 내 눈으로 직접 본 소년의 원룸은 예상보다 더 오래되고 낡았다. 반면

소년의 이삿짐은 옷이 담긴 박스 2개가 전부였다. 숟가락부터 식기, 이불, 가구까지 모든 것을 채워 넣어야 했는데 예산은 너무나 적었고, 당시 대학생이었던 내 힘으로 감당하기에는 벅찼다.

'어떻게 하지?'

고민하며 집 안을 둘러보는데 갑자기 쓰지 않는 의자 하나가 눈에 들어왔다. 아, 그래! 분명 누군가는 쓰지 않는 책상이 있을 수 있고, 어떤 사람은 이사나 결혼을 이유로 괜찮은 물건을 처분해야 할지도 몰랐다. 긍정적인 결과를 가져다줄 가능성의 문을 있는 힘껏 열어놓고는 당장 블로그에 도움을 요청하는 글을 올렸다. 예상은 적중했다. 글을 올린 지 얼마 되지 않아 많은 사람이 도움의 손길을 보내왔다.

누구는 신혼집 사이즈와 맞지 않아 처분하려 했던 책상을, 누구는 침대를, 누구는 소파를, 누구는 안 쓰는 가전제품을, 누구는 식기며 반찬, 생활용품을 바리바리 보내주겠다고 했다. 도움은 물건만이 아니었다. 셀프 인테리어를 하는 데 조금이라도 손을 보태고 싶다고 직접 두 팔 걷어붙이고 나서준 사람들도 있었다. 아무리 경쟁 사회니, 불신 시대니 해도 이럴 때 보면 세상은 아직 살 만하단 생각이 든다.

그 작은 집을 고치는 데 자그마치 열두 명의 자원봉사자와 열 명의 블로그 이웃들의 도움을 받았다. 얼마나 감사한 일인가. 게다가 나 혼자 셀프 인테리어를 구상한 게 아니다. 현직 인테리어 VMD가 콘셉트 회의에 함께해 아이디어를 더했다. 덕분에 생각보다 훨씬 더 멋진 공간으로 변신할 수 있었다. 나 혼자 했으면 더 오래 걸리고, 어쩌면 불가능했을 일이 이렇게 많은 이들의 도움으로 3일 만에 완성됐다.

인테리어 마지막 날, 오전 작업을 마치고 이마에 송골송골 맺힌 땀을 닦으며 집 안을 둘러보았다. 몰라보게 바뀐 모습을 보니 갑자기 울컥해졌다. 많은 이들의 관심과 도움으로 완성된 만큼 더 뜨거워진 순간이었다.

아무것도 없어 썰렁했던 방은 아늑한 침대와 북유럽풍의 조명, 아기자기한 소품 등으로 따스하게 꾸며졌다. 혼자 있어도 외롭지 않을 포근한 방을 소년에게 선물하고 싶었는데 되레 내 영혼이 더 따스해졌다.

방뿐만이 아니다. 소년의 집 안 곳곳, 손길이 가지 않은 곳이 없다. 가장 큰 변화를 준 곳은 바로 주방. 지나온 세월을 가늠케 했던 옥색의 싱크대는 화이트 컬러 시트지로 깔끔하게 바뀌었고, 상부장과 하부장 사이 벽은 쨍한 블루 컬러 모자이크 타일을 덧발라 산뜻함을 더했다. 싱크대 앞에는 신혼 부부가 기증한 아일랜드 식탁을 살짝 리폼해 소년만을 위한 싱글 테이블로 만들어주었다. 주방에 오래 머무르고 싶도록 하는 포인트는 바로 조명이다. 싱크대를 비추는 레일 조명의 은은한 주황색 불빛이 주방을 기분 좋은 공간으로 만들어주었다.

거실과 주방을 분리하던 미닫이 중문은 너무 낡아 사용하기에 불편했다. 그래서 과감하게 떼어 내고 대신 동대문 시장에서 저렴하게 구입한 천으로 커튼을 만들었다. 방과 주방을 분리해주면서도 답답해 보이지 않아서 각자의 공간을 나누는 데 큰 역할을 했다. 주방에서 정면으로 보이는 벽에는 동네 철물점에서 산 벽돌과 나무 상판 3장으로 그럴싸한 선반장을 만들었다. 가장 허전해 보였던 벽을 어떻게 할까 이리저리 궁리하던 중 낸 아이디어였다. 정말 간단히 만들 수 있는 선반장으로, 사실 딱히 만들 것도 없이 벽돌을 세로로 세운 후 나무 상판만 올려주면 된다.

이런 쉽고 간단한 아이디어가 더해져 소년의 작은 집은 더 멋지게 바뀌었다. 누구나 솜씨가 좋을 수도 없고, 누구나 눈썰미가 있을 수도 없으며, 누구나 예산이 넉넉할 수도 없다.

한정된 예산과 손재주로 그럴싸한 결과물을 만들어내야 한다. 셀프 인테리어니까 혼자서도 할 수 있을 만큼 간단한 건 기본. 사용하는 도구나 재료들도 인터넷이나 동네 철물점에서 쉽게 주문할 수 있는 것을 선호한다. 그렇게 쓰던 물건을 리폼해 전혀 다른 모습으로 탈바꿈시키는 건 셀프 인테리어의 또 다른 재미이기도 하다.

청소까지 마친 뒤 몰라보게 달라진 집을 소년과 함께 둘러봤다. 창으로 쏟아지는 하루의 마지막 햇살을 받으며 침대 한쪽에 걸터앉았다. 소년은 어느 때보다 환하게 웃으며 나를 바라보았다. 나는 소년의 어깨에 팔을 두르며 마음속으로 그를 응원했다. 아무 말도 하지 않았지만 소년에게 내 마음이 전달된 듯 소년은 나를 보며 고개를 끄덕였다.

돌아오는 길에 곰곰이 지난 3일을 곱씹어보았다. 소년의 집을 고치는 데 참 많은 사람들이 함께했다. 여럿이 작업을 하다 보면 한번쯤은 삐걱거리기 마련인데 이번처럼 잡음이 전혀 나지 않은 적이 없었다.

'세상은 참 밝은 곳이구나. 소년의 앞날이 행복하길 바라며 마음을 보태는 따뜻한 사람들이 있어서 그도 외롭지 않게 홀로서기를 시작할 수 있겠구나' 하는 생각이 들었다.

소년과 함께한 오지랖 프로젝트를 블로그에 올리면서도 내내 이 생각이 가슴 한편에 남아 얼굴에 미소가 떠나질 않았다.

혼자 완성해냈을 때의 성취감과는 또 다른, 뜻이 맞는 사람들과 함께 할 때 생기는 에너지를 확실히 느꼈다. 그래서인지 오지랖 프로젝트를 떠올리면 가장 기억에 남는 작업이자 지금도 그 시절의 제이쓴이 떠올라 가슴이 뛴다.

Interior Tip

인테리어를 시작하기 전에 2

가구나 소품을 구매하기 전에

가구나 소품을 구입하기 전 크기를 꼭 확인하자. 방에는 놓을 수 있는 사이즈라고 하더라도 엘리베이터에 싣지 못하거나 현관이나 방문을 통과하지 못하는 크기일 수 있다. 엘리베이터에 싣지 못하면 사다리차를 불러야 할 수도 있다. 배송 시 일반배송인지, 화물배송인지도 확인해야 한다. 화물배송은 배송비가 많이 나올 수 있다.

집의 기본 상태 알아보기

배수, 누수, 단열, 보일러, 환풍기 등의 기본적인 사항을 집주인에게 확인한 뒤에 시공을 해야 한다. 누수가 있는데 벽지나 바닥재를 했다가 금방 망칠 수 있고, 단열이 제대로 되지 않는다면 단열 시공을 한 뒤 도배를 해야 하기 때문이다. 필요한 경우 계약서에 보수사항에 대한 내용을 기재하는 것이 좋다.

인테리어 기간 정하기

이사를 하기 전 가능한 기간을 확인하고, 그 기간 내에 어떻게 진행할지 일정을 짜야 한다. 기간이 짧은데 욕심을 부렸다가는 이사하는 날까지 마무리를 못할 수도 있다. 미리미리 무리가 되지 않게 일정표를 짜두자. 평수와 작업 인원에 따라 다르겠지만 도배와 장판은 각각 하루씩 잡고, 마르는 시간까지 하루 정도 여유를 더 두는 것이 좋다. 숙련도에 따라 다르겠지만 욕실 타일 시공은 이틀, 주방 타일은 반나절 정도면 할 수 있다.

예산은 꼼꼼하게

비꾸고 싶은 곳이야 많겠지만 예산을 무시할 수 없으니 예산을 정하고 그 안에서 세부 항목을 채워야 한다. 시공은 어디까지 할지, 꼭 사거나 바꿔야 할 가구가 뭔지 우선순위와 금액을 정리한다. 우선순위가 높고, 비용이 큰 것부터 보고 판단하는 것이 좋다. 예산에 따라서 살면서 천천히 바꿔도 되는 가구나 소품 등은 다음을 기약하자. 예산은 추가 비용까지 고려해 약간 여유 있게 잡아야 비용이 오버되지 않는다.

가슴을
두드리는 공간

무엇이든 늘 함께하던 사람이 떠나버린 빈자리는 단순히 비어 있는 한 자리가 아니다. 사랑하는 이를 떠나보낸 적이 있던 사람들은 알 것이다. 온 세상이 텅 빈 그 느낌을. 살면서 누구나 한번쯤은 겪어보는 일이기에 이 남자의 이야기가 더 내 가슴에 파고들었다.

겨울의 끝자락에서 봄의 기운이 언뜻언뜻 비치던 어느 날이었다. 하루 빨리 봄이 왔으면 하는 마음으로 가득하던 참에 듣게 된 이야기였다.

남자에게는 결혼을 전제로 만나던 여자친구가 있었다. 그는 자신의 공간을 공유할 여자는 그녀뿐이라고 생각했다. 하지만 피치 못할 사정으로 여자친구는 그의 곁을 떠났다. 그녀와 함께했던 공간에 이제 그녀는 없고, 그녀와의 행복한 추억만 생생히 남았다. 그리고 시간이 지날수록 돌이킬 수 없는 그 시간들이 더욱 선명해졌다. 그에겐 변화가 간절했다. 여건상 이사는 어려웠기에 공간의 분위기라도 바꿔보고 싶었다.

자신의 이야기를 비교적 덤덤하게 써 내려간 그의 글을 보니 몇 년 전의 기억이 떠올랐다. 하나밖에 없는 내 친누나도 그와 비슷한 가슴 아픈 경험을 한 적이 있었다. 누나에게는 같은 회사에서 만나 사내커플로 사랑을 키우다 결혼 약속까지 한 사람이 있었다. 하지만 결혼은 쉽지 않았다. 부모님의 반대에 부딪혔고 가까스로 결혼 승낙을 받았지만 결혼해서 살 집을 구하면서 서로 삐걱거리기 시작했다. 둘만의 행복한 공간을 찾고자 노력했으나 그 공간에 대한 의견 차이와 그 밖의 여러 문제로 결국 헤어지고 말았다.

행복한 미래를 꿈꿨던 누나에게 찾아온 시련은 누나에게도, 우리 가족에게도 참 힘든 시간이었다. 힘들어하는 누나를 보면서 이대로는 안 되겠다 싶어 무작정 짐을 싸서 함께 일본 오사카로 날아갔다. 잠시 한국을 떠나 있으면서 마음을 추슬렀으면 하는 생각에서였다. 하지만 그렇게 쉽게 정리될 마음이 아니었다. 오사카에서도 누나는 여전히 너무나 힘들어했고 그 모습을 보다 못한 난 마음에도 없는 소리를 하고 말았다.

“그렇게 엄마, 아빠의 반대가 심했을 때 결혼할 자신 있다고 말했으면 꼭 결혼해서 행복하게 잘 사는 모습을 보여줬어야지!”

나의 말에 누나는 참았던 눈물을 쏟아냈고 그 모습을 보던 나도 누나를 안고 엉엉 울었다. 그리곤 더 좋은 남자를 만날 거라고, 힘내라고 위로 아닌 위로를 건넸지만 그 말을 하는 나도 가슴이 아프긴 매한가지였다.

왠지 남일 같지 않던 그 남자의 이야기를 읽은 뒤 바로 약속을 잡았다.

“문득문득 집 안 곳곳에 그녀가 있는 듯한 기분이 들어요. 그 흔적들이 생각보다 많이 남아 있더라고요.”

여자친구와 헤어지고도 그녀와 함께했던 공간에서 쓸쓸하게 지내며 회사와 집을 오가는 생활을 해오고 있는 그. 평생 그녀와 함께할 줄 알았기에 상실감 또한 컸으리라. 그녀를 만나기 이전으로 돌아가기 위해 일에 몰두해보기도 하고, 친구들을 만나 술을 마시고 가급적 혼자 있는 시간을 만들지 않으려 애썼지만 슬프게도 그에게 남은 건 어지럽혀 있는 방과 흐트러진 자신의 모습뿐이었다. 그리고 불현듯 ‘나

지금 뭐하고 있는 거지?'라는 생각이 들어 나에게 SOS를 보냈다고 했다.

8평 정도의 평범한 원룸. 혼자 자취하는 남자의 방치고는 깨끗하다. 창으로 햇살이 눈부시게 들어오는 걸 보니 채광도 좋다. 깔끔한 성격 탓에 청소는 늘 열심히 한다고 했다. 하지만 뭔가 산만해 보이고 안정감이 들지 않았다. 이유가 뭘까?

찬찬히 집 안을 들여다보니 여기저기 문제점이 눈에 띄었다. 가장 큰 문제는 서로 어울리지 않는 가구의 매치. 좁은 원룸과는 어울리지 않는 퀸 사이즈의 침대와 큰 장롱, 그리고 아주 평범한 책상이 통일성 없이 놓여 있었다. 게다가 방 분위기와는 전혀 다른 강렬한 빨간색의 싱크대는 아늑해야 할 집 분위기를 정신없어 보이게 하고 있었다.

그가 원하는 대로 산뜻하게 바꾸기 위해서는 집 전체에 큰 변화를 주어야 할 것 같았다. 우선 화이트와 우드 톤으로 공간을 만들기로 결정한 뒤, 바닥은 화이트 컬러 데코타일로 교체하고, 벽은 같은 컬러로 페인트를 칠했다. 큰 사이즈의 장롱과 침대는 혼자 사용하기 편한 사이즈로 바꾸고, 장롱 옆에는 책상과 미니 거실테이블, 침대 옆에는 2인 소파를 두어 아늑해 보이도록 했다. 컬러는 화이트, 베이지, 그레이

톤으로 맞춰 모던함을 더해주었다.

그의 집에서 가장 큰 변화를 준 곳은 바로 주방. 식사 공간은 꼭 따로 만들고 싶다는 그의 바람을 담아 작은 주방에 식탁을 두고, 강렬했던 빨간색 싱크대는 기억 저편으로 보내기로 했다. 휘어져 있던 상부장은 떼어내고 그 자리에 선반을 두고, 하부장은 흰색 시트지를 붙인 후 웨인스 코팅(벽면 안으로 틀이 둘러 있는 몰딩 기법)으로 포인트를 주었다. 지나온 세월을 가늠케 했던 스테인리스 싱크대 상판 대신 집성목으로 만든 우드 상판으로 교체하고, 떼어낸 상부장은 흰색 페인트를 칠해 아일랜드 식탁으로 만들었다.

정신없이 집을 바꾸다 보니 시간도, 노력도 생각보다 더 들었다. 하지만 이따금씩 보이는 그의 밝아진 얼굴에 힘이 났다. '공간이 이렇게 한 사람을 바꿀 수 있구나' 하는 생각이 들자 왠지 모르게 코끝이 찡해지면서도 계속 웃음이 났다.

공간이 달라지면 그 공간의 공기도 달라진다. 그리고 사람도 달라진다. 그렇게 그도 달라진 게 아닐까.

그는 자신의 버킷리스트 중 하나가 스페인 산티아고의 순례자의 길을 걷는 일이라고 했다. 이젠 슬픈 기억에서 벗어나 그의 버킷리스트를 채우러 떠날 여유가 생기면 좋겠다고 생각했다.

그의 집을 마무리하면서 마음에 드는 책을 하나 발견했다. 《소울 플레이스》. 유난히 마음에 쏙 든 제목과 함께 그 아래에는 내 가슴을 두드리는 문구가 있었다.

'죽어도 좋을 만큼 가슴 뛰게 하는 내 인생의 마지막 한 곳.'

내 인생에 내 가슴을 두드리는 공간은 어떤 곳일까? 내 버킷리스트 중 하나인 우유니 사막? 아니면 오로라를 볼 수 있는 아이슬란드? 물론 그곳에 가면 내 가슴은 사정없이 뛸 것 같긴 하다. 하지만 아무리 꿈에 그리던 좋은 곳을 간다고 한들 영원할 순 없지 않을까. 그래서 나의 소울 플레이스는 내 집이다. 그에게도 바뀐 공간이 그의 가슴을 힘차게 두드려주길 바라본다.

사람의 인연이라는 게 참 신기하다. 그렇게 가슴 아픈 시간을 보냈던 누나는 결혼을 약속했다 헤어진 그 사람과 다시 만나 지금은 딸까지 낳아 키우며 잘 살고 있다. 그리고 그도 작년에 나에게 기쁜 소식을 보내왔다. 내가 만들어준 공간의 기분 좋은 기운 때문이었을까. 결혼을 하게 되어 그 집을 떠난다고, 자신의 새 출발을 멋지게 응원해줘서 정말 고마웠다고 인사를 전했다.

인생은 정말 어디로 어떻게 흘러갈지 알 수 없다. 어떤 시간은 나를 미친 듯 괴롭게 하지만, 또 어떤 시간은 황홀할 만큼 기쁘게도 한다. 수 많은 이야기들은 내가 머무는 공간에서 때론 아름다운 꽃을 피우기도, 때론 열매를 맺지 못한 채 사라진다.

Interior Tip

방을 위한 아이디어

벽지 대신 페인트

한쪽 면만 색다른 컬러로 바꿔도 방 안 분위기가 확 달라진다. 벽지 페인팅은 생각보다 어렵지 않으니 직접 시도해보자. 기존 벽지 색이 진하지 않으면 그냥 발라도 된다. 원하는 컬러의 수성용 페인트에 물(페인트 양의 총 5% 이내)을 섞어 벽 전체에 바른 뒤 마르면 한 번 더 덧바른다.

낡은 방문에는 유성 페인트

낡은 방문이 아쉽다면 페인트칠을 해주자. 220방 종이 사포로 힘껏 방문을 문질러준 다음 유성 페인트를 꼼꼼하게 바른다. 원래 니스칠이 되어 있었던 방문이라면 수성보다는 유성이 적합하다. 물이 닿아도 코팅이 되어 있어 썩을 염려가 적다. 단, 유성 페인트는 이사 전에 미리 바르는 것을 추천한다. 수성 페인트를 사용하고 싶다면 젯소를 바르고 충분히 말린 후 페인트를 칠해주고 마지막으로 바니시를 여러 번 덧발라야 한다.

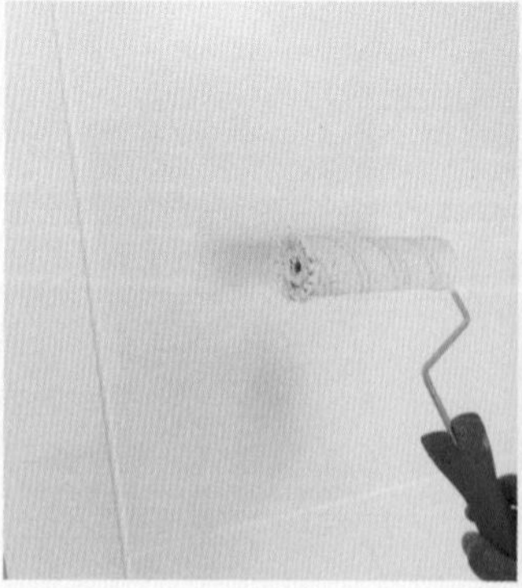

침대 양쪽 공간은 여유 있게

침대를 고를 때는 방의 크기를 꼼꼼하게 따져봐야 한다. 좁은 방에는 프레임이 낮거나 헤드가 없는 침대가 좋다. 침대를 배치할 때는 벽에 완전히 붙이기보다는 헤드는 벽에 붙이고, 양쪽 측면 공간을 띄운 다음 협탁을 두는 것이 좋다. 부득이하게 침대 한쪽 면을 벽에 붙여야 하는 경우라도 10~30cm 정도는 띄어야 통기성이 유지된다.

여러 가지 패턴의 패브릭 믹스

침대 패브릭에 포인트를 주면 감각적인 느낌을 살릴 수 있다. 단색 침구 커버 세트를 골랐다면 패턴이 들어간 조금은 화려한 베드 스프레드를 매치한다. 그리고 단순히 베개만 두기보다 독특한 패턴의 쿠션을 여러 개 두면 침대 위 공간이 훨씬 다이내믹해지고 활기 있어 보인다.

환한 불빛보다 은은한 포인트 조명

침실은 휴식 공간이다. 환하게 비추는 형광등보다는 은은한 포인트 조명이 마음을 편안하게 해준다. 침대 옆 협탁 위에는 스탠드 조명을, 침대 헤드 위쪽에는 벽 등을, 침대 옆에는 키가 큰 플로어 조명을 둔다. 눈이 피로하지 않으려면 조명 갓이 있는 디자인으로 고른다. 두세 종류를 함께 사용하면 더욱 아늑한 느낌이 든다.

동네 친구 같은 어떤 곳

4호선 성신여대 입구 역, 나의 두 번째 자취 집. 그곳에서 4년을 살았다. 그리고 참 소중한 동네 친구를 만났다. 일로 만났지만 우리는 친구가 됐고, 후에는 서로 가장 편한 옷으로 만나도 될 만큼 허물없는 사이가 됐다. 그녀와의 만남은 뜻하지 않은 우연에서 시작됐다. 첫 번째 책을 내고 난 후 홍대에 있는 아주 작은 서점에서 '작가와의 만남'을 하게 된 날이었다. 늘 블로그나 SNS 같은 온라인에서 활동했기에 오프라인에서 사람들과 만나는 일은 왠지 설레었다.

'과연 사람들이 많이 왔을까? 아니면 어떡하지?'

두 근 반 세 근 반 떨리는 가슴을 안고 강연 무대에 올랐다. 무대에 올라 앞을 보니 걱정이 무색할 만큼 많은 사람이 나를 보고 있었다. 반짝거리는 수많은 눈 앞에서 가슴이 뭉클해졌다.

강연을 무사히 마치고 오신 분들을 대상으로 작은 사인회가 열렸다. 책에 정성껏 사인을 하고 요청하시는 분들과 사진도 찍고 있는데 한 분이 다가와 말을 걸었다.

"제이쓴! 블로그 잘 보고 있어요. 저도 성신여대 근처 사니까 나중에 시간 되면 커피 한잔 해요! 쪽지로 휴대전화 번호 남겨놓을게요."

좀 당황스럽기도 하고 이상하기도 했지만 '쾌활한 분이시네'라고 생각하고 있는데 "저 이상한 사람 아니에요!"라는 말을 덧붙여서 피식 웃음이 났다. 그렇게 동네 친구와의 첫 만남이 시작됐고 우린 3년 이상이나 친한 동네 친구로 지냈다.

그리고 두 번째 책을 쓰기 시작했다. 집 근처 카페에서 아침부터 저녁까지 콕 박혀 작업을 했다. 아침에 일어나 카페에 가서 커피 한잔 마시고 계속 글만 쓰던 그런 날들이었다. 글을 쓸 때는 한번 집중하면 배고픔도 잊고, 무언가를 먹고 싶다는 생각도 들지 않았다. 하지만 작업이 끝나고 나면 내내 참았던 허기가 몰려왔다. 그럴 때면 동네 친구를 불렀다.

카페에서 하루 종일 혼자 글만 써서인지 동네 친구와 보내는 시간은 내게 큰 휴식이었고, 그녀와의 대화는 내 삶에 활력소가 되었다. 그녀는 자신의 회사 생활이나 지인 이야기, 두려움이 많아 세상을 겁냈던 자신의 20대 시절 등 시시콜콜한 이야기까지 들려주곤 했다.

때론 내가 부모님과 다투어 기분이 저조하면 인생 선배로서 꾸짖기도 하고 조언을 아끼지 않았다. 글이 잘 써지지 않아 스트레스가 극에 달했을 때도 덤덤하게 내 이야기를 들어주며 격려해주었다. 자연스레 우리는 점점 더 막역해졌다. 각자의 엄마로부터 받은 반찬을 서로 나눠 먹기도 하고, 여름엔 집에서 있던 차림 그대로 트레이닝 반바지를 입고 편의점 테이블에 앉아 라면을 먹기도 했다. 해를 넘기면서부터는 민얼굴로도 만나고 피부과 시술을 받은 상태에서도 만났다.

생각해보면 퍽퍽했던 서울살이가 동네 친구 덕분에 조금은 덜 힘들지 않았나 싶다.

그렇게 3년의 시간이 흐르고 계절도 열두 번이나 바뀌었다. 그사이 우리에게는 많은 변화가 있었다. 나는 학생에서 방송을 하는 인테리어 디자이너로, 또 겸임교수로, 공간디렉터로 거듭났다. 그리고 그녀는 결혼을 했다.

우리가 즐겨 가던 카페의 스태프들도 여러 번 바뀌고, 카페 인테리어도 달라졌지만 그때까지도 우리는 여전히 그곳을 문지방이 닳도록 드나들었다.

그러던 그녀가 아쉽게도 멀리 이사를 가게 됐다. 여느 때와 다름없이 집 근처 맛집에서 밥을 먹고 늘 가던 카페에서 커피를 마셨다.

"음…… 제이쓴. 나 아무래도 남편이 있는 통영으로 내려가야 할 것 같아요."

결혼하고 주말부부로 지내던 그녀가 남편이 있는 통영으로 이사를 가기로 결심한 것이다. 그래서 다니던 회사도 그만두기로 했단다.

이사 가는 날까지도 그녀는 나를 위해 이것저것 신경을 써주느라 분주했다. 본인이 사용하던 TV며 생활용품이며 자잘한 것까지 살뜰히 챙겨줬다. 그녀의 어머니도 '이제 밥 같이 먹을 동네 친구가 없어서 어떻게 하냐'며 걱정을 해주셨다. 나 역시 많이 아쉬웠다. 특히 그녀와 늘 함께 가던 카페에 혼자 앉아 있을 생각을 하니 마음이 헛헛해졌다.

요즘 많은 사람들이 카페를 찾을 때 인테리어를 중요하게 생각한다. 커피 맛은 이제 웬만하면 좋기 때문에 SNS에 올리기 좋은 예쁜 카페를 찾게 되는 것이다. 소위 핫하고 트렌디한 카페에서 멋진 사진을 남기는 것도 좋지만 그게 전부는 아니다. 카페에 누구와 함께 있었는지, 그곳에서 어떤 시간을 보냈는지가 실은 삶에 더 강하게 각인된다.

나 역시 인테리어가 잘된 카페를 일부러 찾아가기도 하지만 정말 좋아하는 카페는 동네에 있는 편한 카페다. 내가 가면 "아, 오늘도 샷 추가하실 거죠?" 하고 내 취향을 먼저 알아주는 곳. 편한 차림으로 가도 좋은 곳. 동네 친구 같은 그런 곳 말이다. 비록 각별하게 지내던 동네 친구는 떠났지만, 또 다른 동네 친구인 카페에 홀로 앉아 그녀와의 추억을 떠올려본다.

마지막 인사라도 좀 더 길게 나눌걸. "건강하게 잘 지내"라고 짧은 인사를 건네는 그녀에게 나는 "행복해!"라는 더 짧은 인사로 화답했다. 그렇게 그녀는 통영으로 내려갔고 난 서울에 남았다.

그동안 고마웠다고, 덕분에 서울살이도 할 만했다고, 내 마음을 표현할 말들은 많았는데 그때는 왜 그리 머릿속이 하얘졌을까. 제대로 배웅도 하지 못해 더욱 마음에 걸린다. 이 지면을 빌려서라도 다시 한번 인사를 건네본다.

"잘 지내나요? 나의 동네 친구.

말로 다할 수 없을 만큼 그동안 너무나 고마웠어요.

나중에 꼭 다시 만나요."

Interior Tip

주방을 위한 아이디어

오래된 주방 타일 대신 핸디코트

이국적이고, 유니크한 느낌으로 주방 타일을 교체하고 싶다면 핸디코트에 도전해보자. 습기에 강한 핸디코트 워셔블을 이용할 수 있다. 타일을 깨끗이 닦은 뒤, 헤라를 이용해 핸디코트 워셔블을 한 번 바르고 12시간 정도 건조한다. 완전히 마르고 나면 한 번 더 바르고 다시 완전히 말린다. 그리고 수성 투명 마감재를 바르면 끝. 물을 많이 섞으면 마르면서 기포가 생기거나 갈라질 수 있으니 물을 조금만 섞거나 물 없이 바르는 게 좋다.

작은 집을 위한 공간 분리 주방

소형 평수의 집에는 거실과 주방이 이어지는 경우가 많다. 이럴 때 주방 싱크대와 식탁 사이에 파티션을 두면 공간이 분리돼 싱크대가 거실에서 보이지 않아 깔끔하다. 식탁에서 커피나 차를 마시거나 간단한 작업을 하거나, 가족과 함께 이야기를 나누는 공간으로 활용하면 좋다. 파티션 설치가 어렵다면 식탁 밑에 러그를 깔아 공간이 분리되어 보이게 하는 것도 방법이다.

상부장 없애고 넓어진 주방

수납을 위해 흔히 상부장과 하부장을 함께 설치하지만 좁은 공간은 답답해 보이기 쉽다. 과감하게 상부장을 떼어내고 선반을 달거나 플랩장(도어가 위로 열리는 방식의 수납장)을 설치하면 같은 공간이라도 훨씬 넓어 보이는 효과가 있다. 시공업체에 맡기지 않고 셀프로 진행하려면 떼어낸 상부장 자리에 핸디코트를 바르거나 노출 콘크리트 마감재인 스타코를 발라 색다른 분위기를 연출해볼 것을 권한다. 반면에 타일 시공은 전문가의 도움을 받는 것이 현명하다. 선반은 기성제품을 사용해도 되지만 자신만의 스타일로 만들고 싶다면 집성목을 구입해 우드 스테인을 발라준 다음 드릴을 이용해 벽에 설치한다.

수납공간을 더해주는 천장 오픈형 선반

상부장을 없애고 선반을 달았더니 수납공간이 턱없이 부족해졌다? 그런 경우 주방 천장을 활용해보자. 아일랜드식탁 위 천장에 오픈형 선반을 설치해 수납공간을 더해주면 된다. 오픈형 선반에는 와인잔이나 다양한 컬러의 컵, 작은 프라이팬, 냄비 등을 올려두기 좋다.

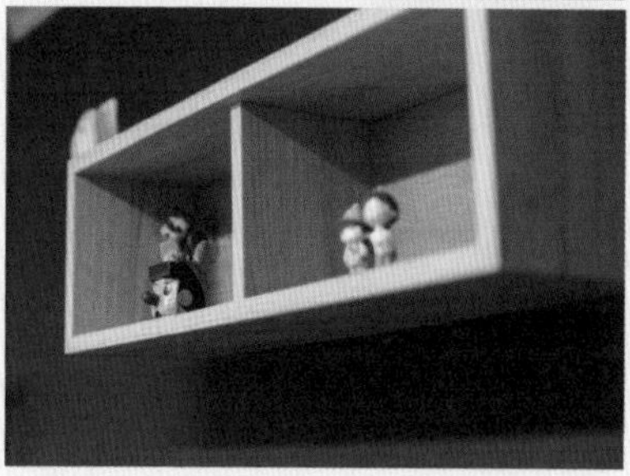

새집을 드립니다

가슴이 두근거린다. 기분 좋은 긴장감이 온몸의 세포를 깨운다. 지금까지 해본 적 없는 새로운 경험을 앞두고 느껴지는 설렘이다.

벌써 몇 년 전 일이다. 2015년 7월. 두 번째 인테리어 책을 출간하고 우연한 기회에 MBC 〈나 혼자 산다〉와 〈다큐스페셜〉에 출연하게 됐다. 블로그를 통해 오랫동안 사람들과 소통해왔지만 방송으로 대중 앞에 서는 건 다른 또 다른 기분이었다. 방송 출연을 통해 더 많은 사람들에게 알려지게 됐고 약간의 부담도 있었지만 감사하고 설레는 마음이 더욱 컸다.

그리고 몇 달 뒤 생각지도 못한 전화를 받았다. JTBC 작가인데 셀프 인테리어 프로그램을 기획하고 있어 미팅을 하고 싶다는 전화였다. 흔쾌히 좋다고 하고는 며칠 뒤 미팅을 했다. 블로그에 올린 '오지랖 프로젝트'와 가수 강남 씨와 함께한 방송 〈나 혼자 산다〉, 그리고 〈다큐스페셜〉까지 모두 봤다며, 기획 중인 프로그램에 대해 설명해주었다. 그때만 해도 프로그램이 정말 시작될지 몰랐다. 사실 그전에도 여러 방송국과 웹 채널에서 함께하고 싶다는 제의를 받곤 했지만 번번이 무산됐기 때문이다. 프로그램 하나가 만들어지기까지 얼마나 험난한 과정을 거쳐야 하는지에 대해 누구보다 잘 알고 있었기에 별 기대는 없었고, 재미있는 아이디어를 공유하는 것 자체가 즐거웠다. 그러던 중 라인업이 확정됐고, 조만간 촬영에 들어갈 계획이니 준비하고 있으라는 전화를 받았다. 그리고 2015년 12월 10일 JTBC 〈헌집줄게 새집다오〉가 첫방송 됐다.

방송 출연을 결심하게 됐던 건 내가 할 수 있는 일에 대한 스펙트럼을 넓히고 싶어서였다. 하지만 방송에서 얼굴이 노출되는 건 부담스러웠다. 그래서 선글라스를 썼다. 방송을 계속 하리라고는 전혀 생각지 못했다. 그때까지만 해도 인테리어는 나에게 직업이라기보다 취미에 가까웠다. 좋아서 재미있게 할 수 있는 일이었기 때문이다. 그런데 그 선글라스 덕분에 '선글라스 쓴 디자이너', '인테리어계의 아이돌'이라는 독특한 캐릭터를 얻었다. 그리고 그 캐릭터는 내가 생각지도 못한 일들을 하나씩 이루어줬다. 물론 선글라스에 대해서는 '악플'도 무척 많았지만 말이다.

〈헌집줄게 새집다오〉를 시작하고 11개월은 정말 바쁜 나날이었다. 이 프로그램은 의뢰를 한 연예인들에게 인테리어 전문가들이 컨설팅을 하고 연예인과 함께 직접 셀프 인테리어를 하는 과정을 보여주는 내용이었다. 그리고 완성된 인테리어를 보고 의뢰인이 마음에 드는 인테리어를 고르는 경합 방식이었다. 쟁쟁한 건축가와 인테리어 디자이너들 사이에서 매주 새로운 디자인 아이디어를 내고 나의 실력을 보여줘야 하는 상황이 때로는 많이 힘들고 부담스러웠다. 더군다나 인테리어를 전공하지 않은 나는 다른 사람들보다 더 많은 시간과 노력이 필요했다.

'오지랖 프로젝트'가 일반인들을 만나 함께 셀프 인테리어를 하는 거였다면 이 방송은 의뢰인이 연예인이고 방송으로 나간다는 차이가 있었다. 누군가를 만나 그 사람의 이야기를 듣고, 꾸밀 공간을 살펴보며 의견을 나누고, 디자인을 구상하는 과정은 비슷했지만, 심리적인 압박이 컸다.

그래서 방송을 하는 근 1년여 동안은 정말 인테리어 디자

인에 미쳐 있었다. 각종 전시회를 다니고, 길을 걷다가도 신선한 컬러를 보면 사진을 찍고 메모를 했다. 당시 핫하다는 카페, 가구 편집 매장, 소품숍은 모두 다니며 어떻게 아이디어와 접목시키고, 새로운 디자인을 만들어낼지 고민했다. 새로운 디자인에 어울릴 만한 소품을 찾기 위해 동대문종합시장, 황학동풍물시장, 강남 가구거리, 이태원 앤티크거리 등을 수도 없이 돌아다녔다. 그런 노력이 있었기에 그 시간을 견딜 수 있었고, 또 성장할 수 있었던 것 같다.

방송을 통해 만난 여러 게스트들 중에서 가장 기억에 남는 게스트는 개그우먼 김영희 씨였다. 공간에는 그곳에 사는 사람의 취향은 물론 현재의 기분이나 상태까지도 여실히 드러난다. 영희 씨와 대화를 나누며 처음 그 방을 보았을 때 어렴풋하게나마 그녀의 상황을 읽을 수 있었다. 개인적인 이야기라 자세히 말할 수는 없지만 몇 년 전 내가 겪었던 것과 비슷한 상황이었기에 충분히 공감이 됐고 도움을 주고 싶은 마음이 간절했다. 그래서 당시 어려운 상황을 극복하며 도움이 됐던 책 한 권을 영희 씨에게도 선물했다. 그리고 물론 그녀가 원했던 멋진 인테리어도 함께.

"인테리어가 싹 바뀌니까 공간이 정리되면서 머릿속까지

정리되는 것 같아요. 달라진 공간이 사람을 얼마나 변화시키는지 몸소 알게 됐죠. 그리고 제이쓴이 선물해준 책도 정말 많은 도움이 됐어요."

진심으로 고마워하고 행복해하는 영희 씨의 얼굴을 보니 내 마음까지 환하게 밝아졌다. 그 일로 방송 후에도 영희 씨 공연에 초대받으며 인연을 지속했다. 그리고 얼마 후 여행 차 떠난 아이슬란드에서 오로라를 보며 기쁨을 만끽하고 있을 때 영희 씨로부터 전화가 왔다. 자신의 동료와 함께 작은 가게를 열고 싶은데 거창한 인테리어보다 약간의 데커레이션이 필요하다며 미팅을 하고 싶다는 것이었다. 한국으로 돌아와 기꺼이 그녀들의 작은 가게를 찾았다. 그리고 그곳에서 지금은 모든 사람들이 아는 '나의 그녀'를 처음 만나게 됐다. 사람의 인연은 이렇게 어디서 어떻게 흘러 만나게 될지 모른다. 그리고 그 인연이 내 삶을 어떻게 바꿀지도……. 진심으로 누군가를 돕고 싶던 마음이 나에게 도움으로 되돌아왔다.

Interior Tip

거실을 위한 아이디어

소통을 위한 소파 배치

TV를 보기 위한 흔한 소파 배치에서 과감히 벗어나 소통의 공간을 만들어보자. 2~3인 소파를 두고 맞은편이나 대각선 방향으로 1인 체어를 두는 것이 좋다. 소파는 벽에 완전히 붙이지 말고 띄어야 공간이 답답해 보이지 않는다.

거실 복도는 아트 갤러리

버려지는 공간으로 여겨지는 거실 복도를 잘 활용하면 더욱 근사한 공간으로 재탄생할 수 있다. 평소 좋아하는 명화나 컬러감이 있는 그림을 걸어두면 집 안에 들어올 때 기분이 좋아진다. 직접 그린 그림을 액자에 넣어 데코해도 근사하다. 가족의 솜씨가 들어간 액자를 함께 걸어두면 가족만의 멋진 미니 갤러리가 된다.

부드러운 분위기, 간접조명 혹은 매입등

거실등은 조도가 밝은 등으로 시공하는 게 흔하지만 너무 밝고 환한 분위기가 싫다면 간접조명이나 매입등을 시공해볼 만하다. 너무 밝지 않고 은은한 불빛을 전해주기 때문에 눈에 피로감을 주지 않는다. 그리고 거실

전체 분위기도 한층 부드럽고 은은해진다. 특히 시선을 분산시키기 때문에 거실 공간이 넓어 보이는 효과까지 있다.

라이프 스타일에 맞춘 거실

거실도 자신만의 라이프 스타일에 맞춰 개성 있는 공간으로 만들어보자. 사람들을 초대하기 좋아하고 요리에 취미가 있다면 거실에 큰 사이즈의 다이닝 테이블을 놓고, 아이들과 함께 책 읽기를 즐긴다면 독서를 위한 거실 테이블을 둔다. 영화를 좋아하는 가족이라면 TV 대신 거실 한쪽에 작은 영화관을 만들기 위해 빔프로젝터를 설치해볼 것을 권한다.

캔버스 액자 만들기

기존 작가의 근사한 그림으로 거실을 장식해도 좋지만 자신이 직접 만든 작품을 걸어두면 훨씬 의미가 있다. 그림을 잘 그리지 않아도 되는 아이디어를 하나 소개한다.

1. 먼저 크레용과 적당한 크기의 캔버스, 글루건, 드라이기를 준비한다.
2. 캔버스 윗부분에 글루건을 이용해 크레용을 하나하나 붙인다. 캔버스 한쪽 끝 면이 다 차도록 크레용을 꼼꼼하게 붙인다.
3. 드라이기로 크레용 끝부분에 뜨거운 바람을 쐬어 크레용이 녹아내리도록 한다. 자연스럽게 녹아내리도록 계속 바람을 쐬어주면 완성.

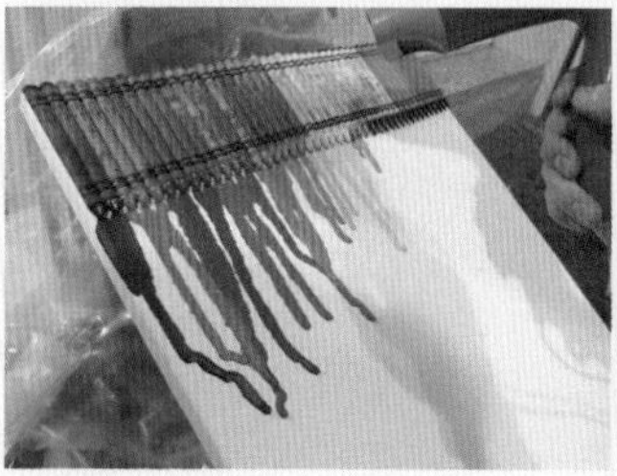

일상,
예술이 되다

근 1년여를 열심히 달렸던 방송 프로그램 〈헌집줄게 새집다오〉를 끝내고 나자 나는 물 먹은 솜처럼 축 늘어졌다. 그냥 아무것도 하고 싶지 않았다. 마음을 추스리며 그동안 만나지 못했던 지인들을 만나고, 쉬면서 하루하루를 보내고 있었다.

그러던 중 문득 내 버킷리스트에 있던 그곳, 우유니 사막이 보고 싶었다. 당장 떠나지 않으면 안 될 것 같았다. 그렇게 일주일 만에 여행 준비를 마치고 공항으로 달려갔다. 공항에서 비행기를 보자 없던 기운이 살아나는 듯 생기가 돌았다. 이토록 설레는 기분이 얼마 만인지…….

페루에 가서 마추픽추를 보고, 볼리비아에 가서 코파카바나라는 태양의 섬에 들렀다가 우유니 사막을 거쳐 아타카마 사막까지 가는 일정으로 계획을 세웠다. 여기에 만약 상황이

된다면 더 많은 나라를 가보는 것까지도 고려 중이었다.

하지만 역시 사람 일은 모른다. 우유니 소금 사막을 보고 갈라파고스 제도로 가려고 할 때 한 통의 메일이 왔다. 서울문화재단에서 여는 '2017 서울 디자인 위크 공예디자인 박람회'에 나를 총괄 감독으로 초청하고 싶다는 내용이었다. 여행을 그만두고 한국행 비행기에 몸을 실을지, 아니면 버킷리스트를 위해 여행을 계속할지 큰 고민에 빠졌다.

'예술 전공자도 아닌 나에게 왜 이런 제안을 한 걸까?'

생각하고 또 생각했다. 솔직히 과연 내가 잘해낼 수 있을지 걱정이 컸다. 하지만 이번에도 역시 기회를 잡는 쪽을 택했다. 이런 기회는 흔치 않다. 마음을 먹자마자 메일에 답을 보내고 한국행 비행기에 올랐다.

서울로 돌아온 후 공예디자인 박람회 관계자와의 미팅이 이어졌다. 주제는 '서울 생활의 발견–은밀한 공예'였다. 아이템에 대해 고민을 하다가 '화장실'로 소재를 정했다. 변기도 공예품이 될 수 있다는 새로운 해석을 바탕으로, 화장실이라는 공간을 전시장으로 옮겨 재미난 상상을 마음껏 펼쳐보기로 했다. 화장실은 누구나 사용하는 곳이자, 우리 삶에 상당히 중요한 부분을 차지하고 있는 곳임과 동시에 은밀한

은밀한 공예(空藝)
History
Cafe

장소다. 화장실만큼 프라이빗한 공간도 없다.

단순한 전시에 그치지 않고, 쇼를 보는 듯 다이내믹한 느낌을 더하기로 했다. 전시의 방향을 정하니 마음이 더 급해졌다. 화장실에 관한 모든 이야기를 수집하고 나만의 방식으로 표현하기 위해 7개월간 또다시 열정을 쏟았다.

그리고 마침내 공예디자인 박람회의 첫날이 밝았다. 일찌감치 전시장을 찾아 그동안 땀 흘리고 숱한 밤을 지새웠던 그 공간을 둘러봤다. 콘셉트부터 디자인, 도면, 글자체, 그리고 셀러 선정까지 나의 손길이 닿지 않은 곳이 없었다. 총괄감독으로 내 열정과 에너지를 모두 녹인 전시를 관람객들이 어떤 시선으로 봐줄지 기대 반 걱정 반이었다.

그간 무리한 탓인지 하필 전시 첫날에 나는 38도가 넘는 고열에 시달리고 있었지만 몸이 아픈 것도 잊고 머릿속은 온통 전시 생각으로 가득 찼다. 드디어 전시가 시작됐다. 관객들은 독특하게 꾸며진 화장실 공간을 신기해하면서도 흥미로운 눈으로 바라봤다. 그러자 비로소 내 얼굴에도 미소가 번졌다.

전시는 5개 공간으로 구성했다. 이 중 화장실을 이색적인 공간으로 표현한 '상상화장실'의 네 가지 콘셉트는 꽃과

식물이 무성한 '에덴의 동산', 과감한 색과 디자인을 선보인 '원초적 상상', 화장실 벽면을 마음껏 낙서할 수 있는 '욕망의 공간', 그리고 3만 개의 야광봉으로 꾸민 '고독한 사색'이었다. 그중 가장 애착이 가는 공간은 바로 '에덴의 동산'이었다. 선과 악이 없던 태초의 시간에 있던 화장실을 작업하는 일은 나에게도 꽤 흥미롭고 재미있는 시간이었다. 그리고 환한 불빛 없이 오직 바닥에 깔린 야광봉 불빛에 의지해 길을 가다가 변기에 앉아 사색하는 시간을 가질 수 있도록 한 '고독한 사색'의 공간 역시 특별히 공을 들인 곳이기도 했다. 이곳에서 관객들이 저마다 재미난 상상을 마음껏 하고 오롯이 그 시간을 즐기기를 바랐다.

'공예'라고 하면 사람들은 예술적이고 어려운 것들을 떠올리게 된다. 하지만 나는 자신이 필요한 것을 손으로 만들고 해결하는 모든 행위가 '공예'가 될 수 있다고 생각한다. 쉽게 말해 우리가 익숙하게 알고 있는 DIY도 공예의 하나인 것이다. 생각의 범위를 넓혀보자. 요리도 공예가 될 수 있고, 공간을 만드는 것도 공예다. 그래서 내가 기획한 전시를 통해 사람들이 공예를 좀 더 편안하게 받아들이고 관심을 가졌으면 했다. 일주일 동안 열렸던 전시에서 관객들과 소통하

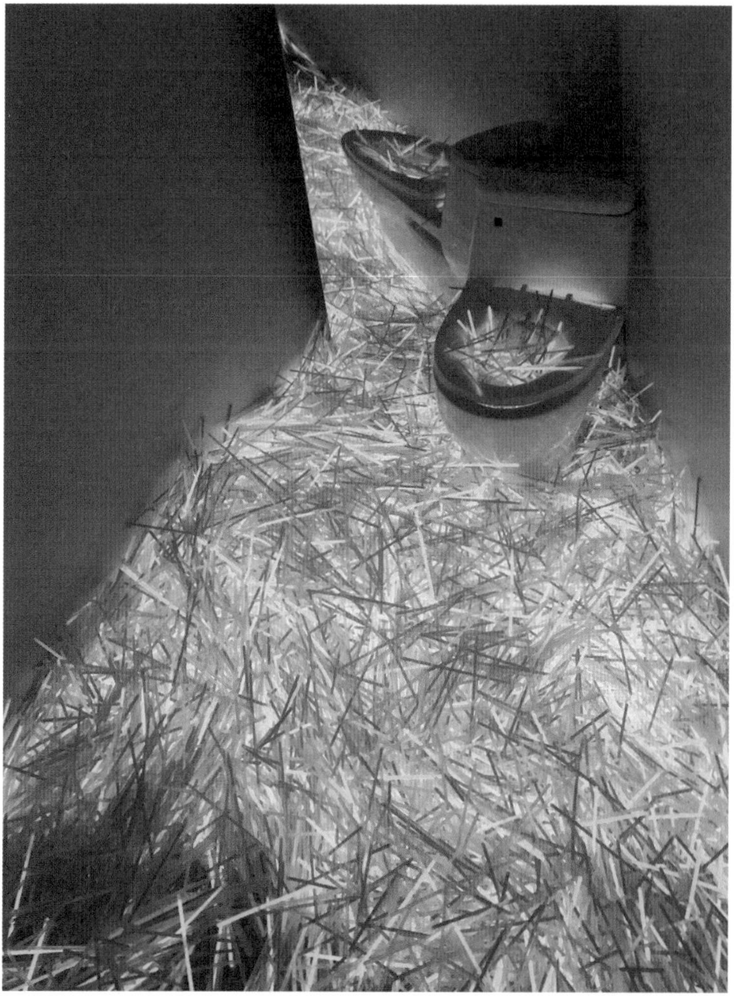

며 나 스스로 한 단계 더 발전한 것 같아 뿌듯했다.

"예술은 멀리 있지 않아요. 화장실이라는 작은 공간에서부터 할 수 있는 생활 속 예술을 즐기길 바라요."

전시장 초입에 내가 쓴 환영글 중 일부다. 주거 공간에서 지극히 개인적이고 드러내고 싶지 않은 공간인 '화장실'을 공예와 접목하니 상상력 가득한 멋진 공간이 되었다. 이처럼 정해진 생각의 틀에서 벗어나 생활의 작은 부분에서 예술을 만날 수 있길 진심으로 바란다.

내 인생의 한 페이지를 멋지게 장식할 수 있게 해준 공예박람회. 7개월간의 대장정은 끝났지만 몇 년이 지난 지금도 그때의 감동은 그대로다.

공강조아
수업시러
낙서는

Interior Tip

욕실을 위한 아이디어

욕실의 꽃, 거울

욕실 분위기를 결정짓는 것 중 하나가 바로 거울이다. 따뜻한 느낌을 원한다면 원형이나 곡선 모양의 원목 프레임으로, 모던하면서도 심플한 분위기를 위해서는 사각 모양으로 프레임이 없거나 얇은 디자인이 어울린다. 독특하고 감각적인 인테리어를 원한다면 팔각이나 육각 등 다각형 거울을 선택한다. 욕실 공간을 넓어 보이게 하려면 거울을 가로로 길게 시공하고, 수납을 생각한다면 전면 거울이 부착된 수납장을 고른다.

붙박이 욕조 대신 이동식 욕조

좁은 욕실을 넓어 보이게 하려면 욕조 대신 샤워부스를 시공하는 것이 낫다. 하지만 욕조의 매력 또한 포기하고 싶지 않다면 이동식 욕조를 사용해보자. 붙박이 욕조보다 공간이 훨씬 넓어 보이고 설치도 쉽다. 위생이 걱정된다면 다리가 있는 디자인이 청소하기에 편리하다.

건식 욕실엔 사다리 선반 수납

잦은 물 사용으로 인해 생기는 바닥 곰팡이나 습한 욕실 공기를 싫어하는 사람들은 건식 욕실도 많이 사용하고 있다. 건식 욕실은 샤워부스나 욕조에만 배수구를 설치하고, 타일 바닥은 건식으로 사용하는 형태다. 건식 욕실의 경우 물이 닿지 않기 때문에 수납장이 아니더라도 원목 사다리 선반을 수납가구로 활용할 수 있다. 작은 화분이나 욕실용 타월, 목욕 가운 등을 올려두기에 좋다.

멋스럽고 실용적인 하부장 세면대

세면기 밑에 수납장이 있는 스타일이 바로 하부장 세면대다. 지저분한 배수관을 가려주고 욕실용품을 수납하기에도 좋은 데다 공간을 효율적으로 활용할 수 있다. 하부장이 있는 세면대는 세면기에 따라 하부장이 달라진다. 세면기를 하부장 상판에 올릴 수 있는 톱 카운터형인지, 하부장 상판 아래로 넣는 언더 카운터형인지 확인한 다음 하부장을 고른다. 만약 하부장을 목재로 선택했다면 물에 강한 히노키나 적삼목 소재가 적당하다. 그리고 하부장을 잘 관리하지 않으면 곰팡이가 피거나 문 경첩이 녹이 슬 수 있으니 환기를 자주 시키고 물기를 잘 닦아주어야 한다.

북유럽은 아니지만 북유럽 인테리어

눈보라가 날리는 어느 겨울 저녁. 오후 4시부터 이미 깔리기 시작한 어둠은 온 도시를 감싸고 거리에는 지나다니는 사람들이 거의 보이지 않는다. 대신 집마다 따스한 불빛이 들어오고 가족들은 아늑한 집에서 저녁 시간을 보낸다.

이런 장면은 북유럽 어느 도시에서나 흔하다. 몇 년 전에 갔던 아이슬란드에서도 그랬다. 빙하 하이킹을 마치고 숙소로 돌아가던 길에는 일찍부터 숨어버린 해를 뒤로하고 어둠이 금세 내렸다. 눈보라까지 치던 길은 운전하기 힘들 정도로 험해졌고, 기어간다는 표현이 어울릴 정도로 조심스레 운전해 마침내 호텔에 도착했다. 그때의 안도감은 마치 집에 온 듯 나를 편안하게 했는데 이런 기분에 한몫한 건 호텔 로비의 인테리어 덕분이었다. 라탄 소재로 만든 이색적인 펜던트 등과 심플하지만 자연적인 나뭇결을 그대로 살린 둥근

테이블, 디자인이 감각적인 미니테이블과 은은한 조명, 그리고 북유럽 어느 들판을 그대로 옮겨온 듯 내추럴한 사진 액자까지…….

화려하고 으리으리한 것이 아니라 소박하면서도 멋스럽고 편안함이 느껴지는 인테리어는 낯선 나라에서의 지친 여행에 쉼을 선물해주는 기분이었다. 이런 감성이 우리의 정서와 맞닿아 있어서인지 몇 년 전부터 시작된 북유럽 인테리어의 인기는 아직 사그라지지 않고 있다. 가끔 인테리어 특강을 나가 강의를 들으러 오신 분들께 가장 좋아하는 인테리어 스타일에 대한 질문을 하면 여전히 1위는 북유럽 인테리어다.

'북유럽 인테리어'를 말할 때 바로 생각나는 리빙 브랜드는 아마도 가구계의 공룡 '이케아(IKEA)'일 것이다. 이케아는 완제품으로만 가구를 사던 우리에게 신선한 충격을 준 브랜드다. 직접 제 손으로 가구를 만들 수 있는 데다 가구뿐 아니라 식기부터 침구류, 소품까지 원스톱으로 쇼핑을 할 수 있다는 건 완전히 새롭고 흥미로웠다.

이케아가 독보적인 인기를 얻게 된 건 저렴한 가격에 군더더기 없는 깔끔한 디자인 덕분이지만 왠지 들러보고 싶은 매장이라는 점도 분명 중요한 포인트였다. 이케아는 가구나 제품을 진열하는 데 그치지 않았다. 다양한 콘셉트로 공간을 꾸며 쇼룸을 만들었다. 이케아의 가구와 패브릭 제품, 조명이나 그릇 등의 다양한 소품들을 활용해 꾸민 쇼룸들을 보면 공간 구성하는 법, 스타일링 방법 등을 배우고 실생활에 적용할 수 있다. 단순히 판매에만 집중하지 않고 사용자와 경험을 공유하려는 시도다.

국내에서는 공식 매장이 들어오기 전부터도 대단한 인기였다. 이케아 제품을 사기 위해 구매 대행 사이트를 이용하거나 외국 여행 중 몇 개씩 사올 정도였다. 나 역시 셀프 인테리어를 하면서 가구며 소품 등을 구입할 때 가장 먼저 떠올리는 곳이 이케아였다.

실용적인 북유럽 인테리어를 완성하는 데 이케아의 인기가 큰 영향을 미쳤다면, '북유럽산 조명'은 세련된 북유럽 인테리어의 포인트이다.

"제이쓴, 조명이 너무 예뻐요. 블로그에 올린 그 조명은 어디서 살 수 있나요? 역시 조명이 다르니 집 분위기도 달라지네요!"

많은 분들이 특히 조명에 대해 궁금해했다. 그만큼 인테리어에 있어서 조명이 중요하기 때문일 것이다. 북유럽 인테리어에서도 조명은 큰 역할을 한다. 따스하고 포근한 집 안 분위기를 연출하는 데 있어서 빼놓을 수 없는 부분이다. 인테리어에 관심이 좀 있는 사람들이라면 펜던트 조명의 베스트셀러라고 하는 북유럽 스타일 조명에 대해 익히 알고 있을 것이다. 그중 최고의 북유럽 조명 디자이너라는 평가를 받는 폴 헤닝센(Poul Henningsen)의 대표작은 이제 펜던트 조명의 대명사가 됐다. 이런 스페셜한 디자인의 조명으로 집 분위기는 한층 더 멋스러워진다.

공간을 내 방식대로 꾸미는 셀프 인테리어가 유행하게 된 데는 북유럽 인테리어의 영향이 컸다. 복잡하지 않고 심플하면서도 실용적이고, 컬러나 가구, 소품 등으로 포인트만 주면 누구나 쉽게 접근할 수 있기 때문이다. 인테리어 초보에게도 어렵지 않은 도전이다. 내가 좋아하는 아이템에 북유럽 스타일이든 클래식이든 모던이든 원하는 대로 얹어보자. 응용을 하면 할수록 더욱 멋진 나만의 홈 스타일링이 완성될 것이다.

Interior Tip

베란다를 위한 아이디어

맨발로 즐기는 베란다

확장되지 않은 베란다 바닥은 보통 타일로 마무리돼 있다. 베란다용 슬리퍼를 신고 이용할 수도 있겠지만 바닥을 바꿔주면 좀 더 활용도 높은 공간으로 변신 가능하다. 베란다에 활용할 수 있는 바닥재의 종류는 다양하다. 조립식 마루나 매트, 데크는 전문가의 손을 빌리지 않고도 누구나 쉽게 설치가 가능하며 바닥에 손상을 주지 않기에 이사 갈 때도 편리하다.

초록초록 미니 정원

베란다에서 가장 흔히 활용하는 게 미니 정원이다. 하지만 사계절 내내 정원을 유지하는 일은 쉽지 않다. 베란다 정원을 만들고 싶다면 두 가지만 기억하자. 바닥은 물을 사용할 수 있는 타일로, 비슷한 습성의 식물끼리 묶어서 배치하기! 다육이는 철제 케이스나 선반에, 공기정화식물들은 화분에 심어 모아둔다. 거기에 틸란드시아나 러브체인 같은 행잉 플랜트까지 매달아 두면 미세먼지로부터 공기도 정화되고 아늑한 느낌까지 든다.

햇살 가득 홈 카페

보통 집에서 가장 채광과 조망이 좋은 곳이 베란다다. 이 공간을 따스한 햇살을 맞으며 커피 한잔 하기 좋은 홈 카페로 바꿔보면 어떨까. 베란다 벽을 셀프 페인팅으로 칠하고, 선반을 달아 소품을 올려주거나 원목을 이용해 베란다 창 쪽으로 길게 바 테이블을 만들면 멋진 홈 바가 완성된다.

나만의 도서관

서재를 방에만 만들어야 한다는 고정관념을 깨고 베란다를 활용해보자. 선반이나 책장을 설치해 책을 꽂고, 작은 테이블과 안락한 의자로 책 읽는 자리까지 만들면 더욱 집중해서 책을 볼 수 있다. 강한 햇살에 책이 바랠 것이 걱정된다면 붙박이장을 설치하는 것도 방법이다.

반려동물을 위한 아지트

베란다는 반려동물의 좋은 방이 되기도 한다. 비교적 부피가 큰 캣타워를 놓기에도 좋고, 반려견을 위한 예쁜 집을 놓고 강아지 장난감들로 공간을 꾸며도 좋다. 반려견들은 자기만의 공간이 있어야 스트레스를 덜 받는다. 단, 바닥은 반려동물들이 미끄러지지 않도록 전용 매트를 깔거나 미끄럼 방지 시공을 하는 게 좋다.

PLACE III

우리의 공간

언젠가는 2층짜리 단독주택에서 꼭 살고 싶다.
그즈음이면 아마 집 안 곳곳에
언젠가 만날 내 아이의 까르르 웃음소리가
끊이질 않겠지.

유년 시절의 집

출장을 다녀와 캐리어의 짐을 풀었다. 출장이 길었던 탓에 정리해야 할 짐도 산더미다. 정리할 생각에 잠시 머리가 지끈 아파온다. 그때 휴대전화가 울린다. 부모님이다. 아마도 길었던 출장이 걱정되어 전화하신 거겠지. 역시 전화를 받자마자 건강하게 잘 다녀왔냐고 물으신다. 부모님과 떨어져 산 이후로 자유로운 성격 탓에 여행을 참 많이도 다녔다. 그때마다 부모님은 고향 집에서 아마도 속을 까맣게 태우며 내가 돌아오는 날까지 기도하셨을 것이다. 건강하게 잘 다녀오게 해달라고.

전화를 끊고 다시 짐을 풀다가 손을 멈춘다. '내가 먼저 잘 다녀왔다고 전화드릴 걸.' 그리고 갑자기 당장 부모님이 계시는 고향 집으로 달려가고픈 충동에 사로잡혔다. 혼자 자취할 때는 긴 여행에서 돌아오면 고향 집에 내려가 푹 쉬고 싶다는 생각을 많이 했다. 고향 집을 떠올리면 포근한 담요에 들어가 긴 단잠에 빠지는 기분이 든다. 그게 '고향 집'의 매력이겠지.

어릴 때는 맞벌이를 하시는 부모님을 따라 이사를 참 많이도 다녔다. 천안에서 몇 년 살다가 청주로, 그리고 다시 천안으로. 그러는 사이에 '국민학교'였던 학교는 '초등학교'로 바뀌었다. 그렇게 나의 유년 시절은 네 곳의 집과 네 곳의 초등학교로 기억된다. 이사를 많이 다닌 탓에 내 유년 시절 속 고향 집은 여러 모습이 겹쳐 있다. 첫 기억은 작은 아파트. 안방과 작은방이 하나씩 있고, 주방과 거실이 있는 아주 평범했던 아파트다. 아마도 그 아파트에서 나의 꼬꼬마 아기 시절을 보냈던 것 같다.

그리고 두 번째로 만난 집은 2층 단독주택. 1층에는 다른 세입자가 살고 있었고, 우리 가족은 2층에서 생활했다. 그때를 떠올리면 내 머릿속에서 흐릿한 흑백 카메라의 '찰칵'거리는 셔터 소리가 난다. 셔터 소리에 맞춰 바뀌는 그 집의 풍경들. 어린 마음에도 2층 단독주택은 너무나 멋져 보였다. 지금 생각해보니 한국식 웨인스 코팅인 루바가 왠지 고급스러워 보였던 듯하다. 만약 내가 지금 그 집에 살고 있다면 루바

장식을 그대로 살리면서 샹들리에와 광폭으로 된 시폰 천으로 장식해 레트로 분위기를 주었을 텐데. 이제는 소용없는 생각들이지만 이런 것들을 떠올려보는 것도 내가 좋아하는 일들 중 하나다.

유년 시절의 가장 보물 같은 추억은 2층 단독주택에서 새로 지은 아파트로 이사 가기 전 잠시 살았던 외할머니 댁에서였다. 한옥을 양옥식으로 바꾼 작은 집. 집 바로 앞에는 논과 밭이 있고, 아이 걸음으로도 얼마 가지 않으면 만날 수 있는 동산이 있던 곳이었다. 누나와 나는 햇볕에 얼굴이 새까맣게 타는 것도 잊은 채 논으로, 밭으로, 산으로 뛰어다니며 놀았다. 잠자리가 날아다니는 계절이 오면 잠자리와 놀고, 메뚜기가 보이면 메뚜기를 잡았다. 가끔은 외할머니를 따라 버섯도 캐고, 함께 약수터로 운동을 다니기도 했다. 그리고 집 방문을 열어놓고 있으면 날아다니던 새가 제 집인 양 들어오기도 했다. 다른 어떤 곳보다 자연의 매력을 듬뿍 느끼게 해주었던 그곳은 나에게 건강하고 행복한 소년 시절을 보내게 해주었다.

그러고 몇 년 후, 우리는 기다리고 기다리던 아파트에 입주했다. 부모님의 첫 내 집 마련으로 우리 가족은 들떠 있었다. 단칸방에서 시작해 32평 아파트를 사게 되었으니 부모님은 밥을 안 먹어도 배가 부르다고 노래를 부르셨다. 그래서인지 그 집에서는 참 따뜻하고 편안했던 기억이 있다. 특히 가족이 함께였던 거실은 한겨울의 매서운 한파도 보기 좋게 물리칠 만큼 포근했다.

겨울이 오고 눈이 내리기 시작하면 부모님은 창고에 있던 크리스마스트리를 꺼내셨다. 누나와 나는 그 트리에 형형색색의 오너먼트를 달고 반짝반짝 빛을 내는 꼬마전구를 두르고 트리 끝에는 큰 별을 달았다. 트리 장식을 마치고 전구를 켜면 우리가 마치 동화 속 세상에 온 것 같았다. 조명에서 나오는 빨강, 노랑, 초록, 파랑 불빛으로 화려한 별빛 쇼가 펼쳐졌다. 매년 크리스마스가 되면 이 크리스마스트리와 함께 거실에서는 우리만의 특별한 파티가 열렸다.

거실은 가족을 서로 이어주는 끈 같은 공간이다. 그곳에서 가족만의 이야기가 만들어지고 그 이야기는 점점 더 쌓여 가족의 보물이 된다. 우리 부모님도 가족이 거실에 모여 무언가를 함께하는 걸 좋아하셨다. 내가 성인이 되고 자취를 시작한 뒤에도 본가에 가면 혼자 방에 있게 두지 않으셨다. 거실에 나와 가족끼리 시시콜콜한 이야기를 나누며 시간을 보내도록 하셨다. 어릴 때부터 너무 자연스러운 일이라 나 역시 집 안에서 '거실'을 가장 좋아한다.

탁 트인 넓은 거실. 그곳은 가족이 함께하는 공간이다. 단순히 TV를 보는 공간이 아니라 아버지가 정성스레 가꾸는 화초가 줄지어 있고, 어머니가 좋아하는 음악이 귀를 즐겁게 하며, 모두가 둘러앉아 서로의 얼굴을 보며 이야기를 나누고 웃는 그런 곳. 추운 겨울에는 어머니가 내오신 군고구마 같은 주전부리를 먹으면서, 무더운 여름날에는 시원한 수박을 하나씩 들고서 도란도란 이야기꽃을 피우며 시간을 보내는 곳 말이다.

부모님 두 분 모두 유독 가족에 대한 애착이 강한 데는 그럴 만한 이유가 있다. 두 분 다 어렸을 때 아버지를 떠나보내신 탓에 사회생활을 일찍 시작하셨고, 가족과 함께 많은 시간을 보내지 못하셨다. 그래서 결혼을 해서 가정을 이루면 가족과 시간을 많이 보내리라 생각하셨다고 한다. 퇴근하고 집에 오면 항상 거실에 다 함께 모여 이야기를 나누는 걸로 하루를 마무리하는 그런 가족의 모습을 꿈꾸셨고, 그 꿈을 이루셨다.

물론 여느 가정이 그렇듯 우리에게도 고비는 있었다. 아버지께서 큰돈을 날려 집안 분위기가 아주 살얼음판 같았을 때도 있었고, 부부싸움 끝에 이혼 이야기가 몇 번 오갔던 기억도 있다. 하지만 이런 위기에도 불구하고 부모님은 지키고 싶은 소중한 것들을 지켜오셨다. 그 인내와 용기에 새삼 박수가 나온다.

나에게도 꿈꾸는 가족에 대한 상이 있다. 언젠가는 2층짜리 단독주택에서 꼭 살고 싶다. 정원에는 잘 가꿔진 마당이 있고, 짙은 코발트블루 컬러로 칠해진 대문과 티끌 하나 없이 깨끗한 흰색 담벼락이 있는 그런 집 말이다. 현관문을 열고 들어가면 높은 천장으로 시원하게 탁 트인 거실이 보이고 헤링본 무늬의 짙은 체리색 나무 바닥에 핸디코트로 거칠게 마무리된 벽이면 딱이다. 가족이 모이는 거실에는 큰 창을 두어서 계절의 변화를 느낄 수 있는 멋진 정원이 보이도록 하고, 그 창은 폴딩도어로 활짝 열어서 정원이 거실에 그대로 들어올 수 있도록 해두고 싶다. 그 즈음이면 아마 집안 곳곳에 언젠가 만날 내 아이의 까르르 웃음소리가 끊이질 않겠지.

우리 부모님이 그러셨던 것처럼 나의 아이에게도 꽤 괜찮은 유년 시절을 선물해주고 싶다.

Interior Tip

좁은 공간 넓게 쓰는 법

컬러 활용하기

바닥재가 짙은 색이고 벽지와 천장이 밝은 톤이면 바닥과 벽지, 천장이 확실하게 구분되면서 공간이 실제보다 좁아 보인다. 대신 안정감이 있다. 반면에 바닥재 컬러가 밝은 색이면 공간이 훨씬 넓어 보이는 효과가 있다. 바닥재와 벽지, 천장까지 같은 컬러 톤으로 맞추면 공간이 팽창되어 보인다. 이 중 천장 컬러를 제일 밝게 해야 층고도 높아 보이고 시선이 트인다. 벽지도 무늬가 있으면 공간이 축소되어 보일 수 있다.

가구나 소품만으로

소파는 거실 벽지와 같은 컬러 톤으로 고르면 분위기가 통일되면서 넓어 보이고, 커튼은 짙은 컬러의 암막 커튼보다 속이 비치는 시폰 소재가 채광을 도와줘 집 안이 환해 보이는 효과가 있다. 만약 암막 커튼을 하고 싶다면 시폰 소재의 속커튼을 함께 매치하자. 좁은 드레스룸에는 사이즈가 큰 전신 거울을 한쪽 벽면에 두면 공간이 연장돼 실제보다 넓어 보인다. 거실이나 방의 가구는 짙은 색이나 키가 높은 디자인은 되도록 피하고 낮고 심플한 디자인을 고르는 게 좋다.

싱크대와 이어진 아일랜드 식탁

공간이 넓다면 요리를 하는 주방과 식사를 즐기는 다이닝 공간을 분리하겠지만 좁은 공간에서는 이를 한 공간에서 해결해야 한다. 주방에 싱크대와 식탁을 함께 두면 공간이 꽉 차 보일 수밖에 없다. 싱크대 시공 시 아일랜드를 싱크대와 이어지게 만들어 식탁으로 활용해보자. 조리대로도, 식탁으로도 사용할 수 있어 실용적이다. 이때 싱크대는 'ㄱ자' 형이나 'ㄷ자' 형이 적합하다.

중문 대신 투명 유리 파티션을

최근에 지어진 아파트는 현관과 거실 경계가 뚜렷해서 중문이 굳이 없어도 되지만 연식을 자랑하는 오래된 아파트는 현관이 거실에 맞닿아 있는 구조가 많다. 이런 구조인 경우 흔히 중문을 시공하게 되는데 집이 좁고 답답해 보이는 단점이 있다. 그렇다면 중문 대신 거실 입구에 아래는 수납장이 있고 위는 유리로 되어 있는 유리 파티션을 설치해보자. 유리로 되어 있어 답답해 보이지 않고 거실과 현관 공간을 분리할 수 있다. 유리 대신 윗부분이 트인 오픈형 선반형 파티션도 괜찮다.

우리는
어쩌면 운명

내 인생에서 결코 잊지 못하는 2018년. 지금 내 반쪽이 된 그녀와 하나가 되기로 한 해이다. 그해 여름은 내 삶을 완전히 바꿨다. 역시 사람의 인연은 예측 불가다.

8월의 무더위가 한창 기승을 부리고 있을 때였다. 나는 그녀와 휴가 겸 여행을 마치고 서울로 돌아오고 있었다.

"안 변할 자신 있어?"

나의 느닷없는 질문에 그녀는 말없이 고개를 끄덕였고, 나는 그 자리에서 덤덤히 프러포즈를 했다.

"그럼 우리 결혼하자."

만난 지 6개월 만이었다. 흔히 1년은 만나보고 결혼해야 한다고들 하지만 우리에게 얼마나 만났느냐는 중요하지 않았다. 그녀는 내가 생각해온 이상형에 아주 가까웠고, 둘이 함께 있으면 웃음이 끊이질 않았다. 그리고 정말 신기하게도 그녀와의 미래도 쉽게 그려졌다. 더 이상 미룰 것도 없었다.

우리의 첫 만남 메신저는 개그우먼 김영희 씨다. 그녀가 김영희 씨와 사업을 준비하던 중 숍 인테리어를 위해 나와 미팅을 하면서 서로 알게 됐다. 첫 만남부터 불꽃이 튄 건 아니다. 숍 인테리어를 내가 맡으면서 셀럽파이브 데뷔 준비로 바쁜 김영희 씨 대신 나는 그녀와 자주 만남을 가졌다. 필요한 물품을 함께 사러 다니고, 가구도 보러 다니면서 부쩍 가까워졌다. 그렇게 자주 보는 동안 알게 모르게 서로에게 빠져든 게 아닐까 싶다. 누가 먼저랄 것도 없이.

원래 내 이상형은 라이프 스타일을 존중해주는 사람이다. 서로의 라이프 스타일을 존중해준다는 건 생각보다 어려운 일이다. 보통은 상대방보다 자신을 먼저 생각하기 마련이니까. 그런데 그녀를 만날수록 슬쩍슬쩍 그런 모습을 발견할 수 있었다. 소개팅으로 만나는 사람과는 확실히 다른 어떤 느낌이었다.

사실 나는 사람을 만날 때 내가 싫어하는 습관이 보이면 냉정하리만치 뒤도 안 돌아보고, 그 사람과의 관계를 끊어버린다. 그래서 이전에는 연애를 두세 달 넘게 해본 적이 별로 없었다. 하지만 그녀와는 만나면 만날수록 서로 잘 맞춰갈 수 있겠다는 생각이 들었다. 나를 이해해주고 존중해주는 모습에 내 마음이 점점 확고해진 것이다.

나는 좀 독립적인 편이라 누구에게 신세지는 것도 좋아하지 않고, 누가 대가 없이 잘해주는 것도 불편하고 싫다. 그래서 여행도 혼자 다니는 게 편하고 좋다. 그때도 혼자만의 자유로운 여행을 실컷 만끽하고 돌아오는 날이었다. 그런데 그녀가 갑자기 공항에 데리러 오겠다고 했다. 나는 괜찮다고 한사코 마다했지만 그녀는 기어이 공항에 나왔다. 그런데 신기하게도 그녀를 본 순간 불편함보다는 반가운 마음이 들었다. 그리고 스스로도 놀랄 만큼 편안했다.

'아, 내가 이렇게 누군가의 보살핌도 필요한 사람이구나.'

태어나서 처음 그런 생각을 했다.

결혼 전 둘이서 스페인 여행을 갔을 때도 비슷한 기분이었다. 아침마다 커피를 챙겨주는 그녀의 모습이 왠지 편하고 기분 좋았다. 영원히 어색할 것 같던 사랑받는 일에도 그렇게 조금씩 익숙해졌다.

그리고 그해 10월, 우린 결혼식을 올렸다. 소박하지만 행복한 결혼식이었다. 거창하게 많은 사람을 초대하기보다 가족과 친한 친구 몇몇만 함께하는 스몰웨딩이었으면 하는 우리 둘만의 바람에 꼭 맞는 예식이었다.

그녀는 개그우먼이고 나 또한 유머를 좋아하지만 결혼식 만큼은 경건하게 하고 싶었다. 당연히 결혼사진도 진지하게 찍었다. 그녀는 늘 매체에 노출되는 직업이라 많은 사진을 찍어왔지만 과장된 표정 없이 진지하게 찍는 건 처음이라고 했다. 그리고 자신에게 그런 표정이 나온다는 게 신기하다고도 했다. 그래서일까. 우리가 찍은 결혼사진은 감사하게도 사람들에게 이슈가 됐고 큰 관심을 받았다.

자기주장이 강한 우리 두 사람이 서로 전혀 다른 인생을 살다 부부가 되었으니 티격태격하는 부분도 많을 수밖에 없었다. 나는 성인이 된 후로는 세계 방방곡곡을 누비며 자유롭게 살다가 지금은 공간디렉터로, 방송인으로 살고 있다. 그녀는 대학교 졸업 후에 차근차근 인턴을 거쳐 정규직 회사원으로 일하다 개그우먼이 됐다. 결국 둘 다 방송인이 되긴 했지만 완전히 다른 라이프 스타일로 싱글을 보냈으니 부딪치는 부분이 없었다면 더 이상했을 것이다.

결혼 후 가장 처음 싸운 건 다름 아닌 '정리' 때문이었다. 어렸을 때는 방 하나 제대로 치우지 못한다고 어머니께 참 많이도 혼났었다. 혼자 살 때도 그리 깔끔한 편은 아니었다.

하지만 결혼은 서로 노력해야 한다는 것을 알았기에 되도록 쓰던 물건은 잘 정리하려고 최대한 노력했다.

하지만 그녀는 달랐다. 몰아서 치우는 타입인 데다 혼자 살아본 경험이 전혀 없었고 항상 누군가가 옆에서 많이 도와줬다. 부모님과 살 때는 어머님이, 할머니를 모시고 살 때는 할머님께서 챙겨주셨던 것이다.

원래 나도 내 물건 하나 정리 못하던 사람이었는데 결혼하고 나서는 오히려 내가 더 깔끔쟁이가 됐다. 그녀는 결혼 후 더 많아진 스케줄 탓에 정리를 할 수 있는 시간이 많지 않았다. 자연스레 내가 집안일을 주로 할 수 밖에 없었다. 집안일을 꼭 누가 해야 한다고 정하기보다 바쁜 상대방을 대신해 하는 건 당연한 일이라고 생각한다.

결혼을 하면 사랑하는 사람과 늘 함께할 수 있고, 매일 구름 위를 걷듯 행복한 일만 가득할 거라는 등의 환상은 애초부터 없었다. 서로 어떤 사람인지 잘 알고, 같이 있으면 좋으니까, 거창한 의미를 두기보다 소박하게 사랑하며 살아가는 게 좋으니까 했다. 그래서 함께 눈뜨고, 함께 밥 먹고, 함께 장난치며 사는 지금의 모습이 너무나 만족스럽다. 같은 공간을 공유하며 살아갈 앞으로가 더욱 기대된다.

Interior Tip

후회 없는 가구 고르기 노하우

가구 고르기 전, 사이즈 측정은 기본

가구를 방에 들여놓았을 때 사이즈가 맞지 않아 당황하지 않으려면 가구를 구입하기 전 가구를 둘 공간의 실측 사이즈를 알아야 한다. 방 안의 가로 세로 길이는 물론 가구가 들어갈 방문의 폭도 꼼꼼하게 체크하자. 이미 다른 가구가 있다면 그 가구와 높이는 잘 맞는지, 서로 잘 어울리는지도 살펴보자.

공간이 넓어 보이려면 밝은 컬러로

밝은 컬러의 가구는 공간을 시원하고 넓어 보이게 한다. 바닥재와 같은 컬러의 가구로 배치하면 공간이 확장되어 보이는 효과가 있다. 반면에 디테일이나 컬러가 강하면 시선이 가구에 쏠린다.

원목, 대리석, 가죽?

내가 원하는 공간 분위기에 따라 가구 소재도 따져보고 고르자. 편안하고 내추럴한 느낌에는 원목을, 차가운 도시적 분위기에는 대리석을, 고급스러움을 더하고자 한다면 가죽 소재를 믹스한 가구가 적당하다. 나무톱밥을 접착제와 섞어서 붙인 후 표면에 나뭇결 모양 필름지나 나무를 얇게 붙인 MDF를 원목으로 잘못 알고 고르는 경우가 많다. MDF는 접착제가 인체에 해롭고, 사용하다 보면 접착력이 약해져 필름지가 떨어지기 쉽다. 통원목을 사용한 우드슬랩 테이블은 나무에 따라 나이테와 옹이 모양이 전혀 다를 수 있으므로 쇼룸에서 본 제품과 느낌이 다를 수 있음도 염두에 두어야 한다.

원하는 디자인대로, 커스터마이징 가구

집 구조나 크기에 딱 맞는 가구를 찾거나 나만의 특별한 디자인을 원한다면 맞춤가구를 제작해보는 방법도 있다. 맞춤가구를 주문제작할 때는 먼저, 어느 공간에 둘 가구인지 디자이너에게 정확하게 이야기하고 같은 공간에 어떤 가구들이 있는지 사진이나 동영상으로 보여주는 것이 좋다. 그리고 상담 전에 어떤 용도와 스타일로 할 것인지 확실하게 정하고, 상담 시에는 구체적인 쓰임과 원하는 디자인을 상세하게 제시한다. 미리 봐둔 가구의 샘플 사진이나 그림이 있다면 함께 보여준다.

여기서
시작

"어디서 살까?" 결혼을 준비하는 커플이라면 가장 큰 고민이 아마 이것일 것이다. 그런데 우리는 신혼집을 정할 때 별로 고민하지 않았다. 내가 혼자 독립해서 살고 있던 집과 그녀가 할머니와 함께 지내던 집 중 하나로 정하기로 했기 때문이다. 굳이 새집을 구하지 않아도 된다는 게 우리의 생각이었다. 내가 살던 집은 이미 계약 기간이 넘은 상태였고, 그녀의 집은 계약 기간이 좀 남아 있었다. 그래서 당연히 그녀의 집으로 신혼집을 정했다.

그렇게 그녀의 구의동 투룸은 우리의 첫 신혼집이 되었다. 15평 정도 되는 공간이었지만 둘이 함께 소박하게 시작하기에는 적당하다고 생각했다. 결혼과 함께 부부 리얼리티 프로그램을 시작하는 바람에 신혼집이 방송에 노출되었다. 우리의 신혼집을 두고 이러쿵저러쿵 말이 많다는 것도 알고 있었지만 개의치 않았다. 우리가 결혼을 준비하면서 한 가지 약속한 게 '부모님에게 절대 기대지 말자'였다. 사랑하는 사람끼리 사는 공간은 꼭 크고 화려해야 하는 건 아니다. 피곤한 몸을 쉴 수 있고, 둘만의 이야기를 만들어가며 알콩달콩 지낼 수 있으면 그걸로도 충분하다. 적어도 우리는 그렇게 생각했다.

이 집에 대한 첫인상은 썩 좋지는 않았다. 오래된 빌라가 흔히 그렇듯이 세월을 그대로 보여주는 체리색 문과 몰딩, 노란색 장판. 그리고 조금은 어두운 분위기……. 신혼집으로는 무리가 있어 보였다. 하지만 내가 누구인가. 자칭 인테리어계의 아이돌 제이쓴이 아니던가. 우리만의 감각을 살려 셀프 인테리어에 도전하기로 했다.

방 하나는 침실로, 나머지 방 하나는 드레스룸으로 쓰기로 하고 어떻게 바꿀지는 서로 머리를 맞댔다. 먼저 집 전체를 화이트 톤으로 바꾸기로 했다. 어떤 스타일로 꾸미든 기본은 화이트 컬러에서 시작해야 훨씬 쉽다는 게 내 생각이다. 그리고 침실은 여러 컬러를 사용해 조금 독특한 공간으로 꾸미기로 했다.

집 인테리어를 다 마치지 못한 상태에서 MBC 〈나 혼자 산다〉에 집이 공개됐다. 그녀의 개그우먼 친구들이 우리 집에 와서 셀프 인테리어를 도와주었다. 그녀들의 도움을 받아 침실 한쪽 벽은 청록색으로 페인트칠을 하고 우리 둘의 안식처가 되어줄 짙은 우드 톤의 킹사이즈 침대를 직접 조립했다. 다들 인테리어 좀 해본 솜씨라 침대 조립 정도는 뚝딱뚝딱 순식간에 끝났다.

침대 옆에는 통나무로 만든 협탁을 두고 그 위에 모던한 느낌의 스탠드와 촛대를 올려 장식했다. 그 옆에는 소가죽으로 된 1인용 안락의자를 놓아 편안한 느낌을 주고자 했다. 침대에는 호텔 느낌이 나는 화이트와 블랙 톤 침구로 세련된 분위기를 더했다. 방 분위기를 결정짓는 가장 중요한 요소 중 하나가 바로 조명이다. 우리의 신혼집 침실도 로맨틱한 분위기를 위해 특별한 천장 조명을 골랐다. 바로 레트로 스타일의 브론즈 조명. 조명을 켜는 순간 방은 금세 안락하고 따스해진다.

침실을 최대한 휴식을 위한 공간으로 꾸미다 보니 수납공간이 전적으로 부족했다. 침실 외 다른 방은 옷과 화장품이 가득 차 있어 다른 가구를 들여놓을 공간이 전혀 없었다. 그래서 거실 겸 주방에 수납공간을 만들기로 했다. 자질구레한 생활용품을 넣어둘 수납장이 절실했기 때문. 아일랜드 식탁을 주방 쪽으로 좀 더 당기고 벽 쪽으로 'ㄱ자' 모양의 수납장을 설치했다. 허리 높이 정도로 해서 답답해 보이지 않으면서도 물건을 꺼내 쓰기 쉽도록 했다. 그리고 수납장 칸별로 물건의 종류를 정해 쉽게 찾아 쓸 수 있도록 했다. 이 부분은 그녀가 물건을 정리하는 데 작게나마 도움을 주기 위한 나의 배려였다. 이전에는 정리를 별로 좋아하지 않았다던 그녀도 변화된 집을 보고 마음이 바뀌더라고 말하기도 했다.

설레는 마음으로 이 집에 들어오며 신혼의 첫걸음을 벅차게 시작했던 그때를 가슴에 담고 이제 또 다른 시작을 준비한다.

고마웠어. 그리고 영원히 기억할게.

나의 첫 신혼집.

Interior Tip

분위기를 책임지는 조명 바로 알기

조명의 종류

실링라이트(celing light)	주로 천장에 설치하는 등으로 가장 일반적인 주 조명이다. 공간을 골고루 환하게 밝혀준다.
펜던트 라이트(pendant light)	식탁 위에 가장 많이 설치하는 조명으로 길게 매달아 늘어뜨리는 형태다. 베란다나 거실, 침실 한쪽에 인테리어 목적으로 설치하기도 한다.
플로어 스탠드(floor stand)	거실이나 침실에 두는 키가 큰 간접 조명으로 부드럽고 은은한 분위기를 낸다.
테이블 스탠드(table stand)	침대 협탁이나 테이블 위에 두는 키가 작은 스탠드 조명이다.
다운 라이트(down light)	천장에 설치하는 매립등으로 주로 거실 복도나 베란다 등에 설치하지만 거실에도 많이 한다.
샹들리에(chandelier)	크리스털 등으로 장식된 호화로운 천장 등으로 화려한 분위기를 내고 싶은 거실에 사용한다.
브라킷 라이트(bracket light)	벽에 설치해 벽이나 일정 공간을 은은하게 비추는 조명이다.

공간별 조명

침실 휴식을 취하는 공간이므로 주 조명 외에 플로어 스탠드나 테이블 스탠드를 보조 조명으로 두면 아늑하고 편안한 분위기를 연출할 수 있다.

거실 거실 전체를 다 비출 수 있는 밝은 주 조명을 쓰되 소파 옆에 플로어 스탠드를 두고, 거실 복도에 다운 라이트를 설치하면 좋다.

주방 요리하는 공간은 잘 보이도록 형광등 색으로 밝게 하되 식탁 위 펜던트 라이트는 백열등을 사용하면 음식이 더 맛있어 보인다.

욕실 흔히 천장에 매립하는 다운라이트를 많이 사용하나 브라킷 라이트나 작은 펜던트 라이트로 분위기를 내는 것도 좋다.

조명 셀프 교체법

1. 누전차단기(일명 두꺼비집)를 내린 다음 기존의 등을 떼어낸다. 드라이버를 이용해 기존 등의 브라킷(벽과 연결시켜주는 철재 부속품)까지 제거한다.
2. 전등이 있던 자리에 벽지가 제대로 발라져 있는지 확인한다. 등이 있던 자리에 도배가 안 돼 있다면 부분적으로 벽지를 바른다.
3. 새로 달 전등의 브라킷을 드라이버를 이용해 천장에 고정한다. 두 가닥 전선은 브라킷 중앙 구멍으로 통과시켜 빼둔다.
4. 두 가닥 전선을 새 전등에 고정하고 마무리한 다음 누전차단기를 올리고 전등을 켠다.

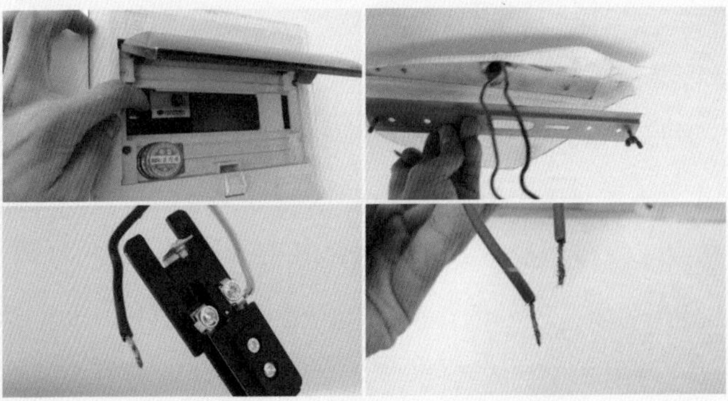

새로운 곳을 향해

이사가 코앞으로 다가왔다. 바쁜 스케줄 탓에 이사 준비를 제대로 하지 못해 이사 전날까지 집은 전쟁터를 방불케 했다. 정신없는 와중에 문득 고개를 들어 집을 둘러본다. 이곳에서 지낸 기억들이 순식간에 스친다. 우리의 첫 보금자리. 작지만 아담하고 행복한 이야기들로 가득했던 이곳. 길지 않았던 이곳에서의 추억을 뒤로하고 우린 새로운 신혼집으로 떠날 준비를 하고 있다. 근사하고 넓은 집은 아니었지만 그녀와 결혼 생활을 시작한 곳이니 나에겐 특별하다.

결혼하고 9개월 정도 지나자 늘어나는 살림에 비해 공간이 점점 작다는 느낌이 들기 시작했다. 드레스룸은 꾸역꾸역 넣은 옷들로 터질 듯했고, 주방에는 각종 양념장과 그릇, 주방용품들이 각자의 자리를 찾아 방황하고 있었다. 거실이 없으니 주방을 넘어 안방까지 각종 짐이 하나둘 쌓이기 시작해 발 디딜 틈이 없었다. 더 이상은 무리라는 생각이 들었다. 이대로 가다간 짐에 둘러싸여 쉴 공간은커녕 앉을 자리도 없을 것만 같았다. 게다가 곧 다가올 여름이 두려웠다. 가뜩이나 더위를 많이 타는 그녀와 나는 안방 벽에 걸려 있는 벽걸이 에어컨 하나로 여름을 날 자신이 없었다.

당장 새집을 찾기 시작했다. 공인중개사를 업으로 삼고 있는 지인에게 도움을 청했다. 첫 신혼집보다는 넓으면서 둘이 살기에는 딱 좋은 24평 정도의 아파트에, 위치는 그녀의 친정과 가까운 곳이어야 한다는 조건을 달았다. 장인어른이 돌아가신 지 얼마 안 된 상황에서 혼자 계신 장모님이 걱정됐기 때문이다. 언제든지 찾아뵐 수 있는 거리면 좋겠다고 생각했다. 우리야 직업이 직업인 만큼 서울 어디 살아도 상관없었다.

마음에 쏙 드는 집을 찾는 건 예나 지금이나 쉽지 않았다. 하나만 더, 하나만 더 하며 아쉬운 한 끗을 채워줄 집을 찾아 헤맸다. 그러다 보니 벌써 다섯 번째 집이었다. 그 집에 도착했을 때에야 그녀의 얼굴에 미소가 번졌다. 꽤 마음에 드는 눈치였다.

정남향의 23층 아파트인 데다 거실 창 밖으로 한강이 펼

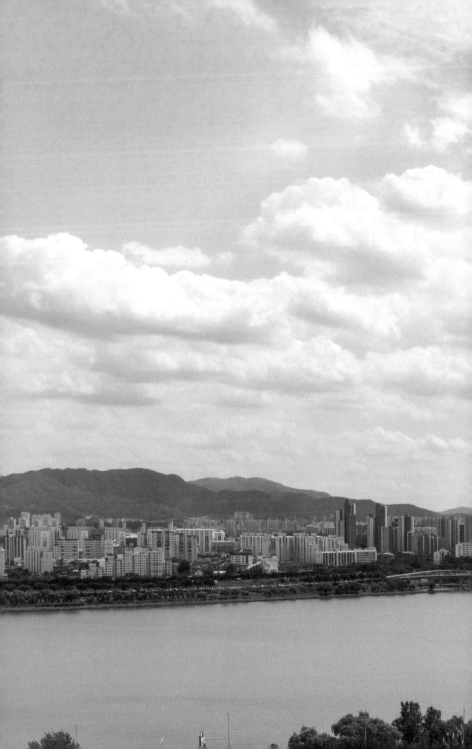

쳐졌다. 거기에 롯데타워와 올림픽대교까지 한눈에 보였다. 거실 전망을 보는 순간 탄성이 절로 나왔다. '그래, 바로 이 집이야!' 낮에는 서울을 관통하는 한강과 탁 트인 자연을 바라보며 커피 한잔을, 저녁엔 멋진 서울의 야경을 감상하며 맥주 한 캔을 들이켤 수 있는 그런 곳이었다. 상상만으로도 행복했다. 24평 아파트였지만 답답하지 않은 구조인 것도 마음에 들었다. 게다가 이전 세입자도 신혼부부였는데 아이를 낳고, 아파트 청약에 당첨돼 이사 갈 예정이라는 이야기를 들으니 여기로 이사하면 우리 부부에게도 좋은 일들이 생길 것만 같았다. 바로 마음을 정했다.

나와 그녀가 각자 모은 돈을 합쳐보았다. 아쉽게도 전세 보증금의 약 30퍼센트 정도가 부족했고, 부족한 부분은 은행의 힘을 빌리기로 했다. 계약서에 붉은 도장이 찍히는 순간, 한강이 보이는 집에서 살게 됐다는 사실만으로도 감격이 물밀 듯 밀려왔다. 그리고 누가 먼저랄 것도 없이 서로의 등을 토닥여주며 "수고했어"라는 말을 대신했다.

그리고 드디어 손꼽아 기다린 이삿날 아침이 밝았다. 이사를 준비하다 보니 짐이 정말 많았다. 아무래도 그녀가 할머니와 오랫동안 함께 살았던 곳이기 때문에 그녀는 기억도 못하는 짐들까지 엄청나게 쌓여 있었다. 그 작은 집에 이게 어떻게 다 들어 있었나 싶을 정도로 정리는 끝이 없었다. 다 가지고 갈 수도 없고, 그럴 생각도 없었다. 가져갈 것과 버릴 것을 분리해야 했다. 나는 이사 경험이 많아 금방 구분이 됐지만 그녀는 직접 하는 게 처음이라고, 뭘 버려야 할지 모르겠다며 좀처럼 속도를 내지 못했다. 자칭 이사의 달인인 나의 주도하에 짐들을 정리했다. 1톤 트럭의 2/3는 거뜬히 넘을 분량이었다. 이사는 짐을 버리는 것부터 시작이다. 그녀 역시 이번에 제대로 버리는 방법에 대해 배웠다고 했다.

뭐든지 버리는 게 있어야 새로운 것도 만날 수 있다. 헤어짐이 있어야 만남도 있는 인연처럼 말이다. 새로워진다는 건 그런 것이다. 그러니 새로워지고 싶다면 이제는 불필요해진 물건들을 버리고, 지금 나에게 필요한 물건들로 주변을 채워나가는 것부터 시작해보자. 새로운 곳(분위기)에서 새로운 마음으로 파이팅이다!

Interior Tip

계절별로 바꾸는 쉬운 홈 스타일링

봄 - 싱그러운 식물 모티브의 패브릭과 파스텔톤

패브릭 하나만 바꿔도 봄의 싱그러움을 살릴 수 있다. 보태니컬 패턴의 패브릭 포스터나 쿠션 커버는 시원한 느낌으로 여름까지도 활용할 수 있다. 거기에 파스텔톤 의자를 더해보자. 가구를 바꾸긴 어렵지만 파스텔톤 식탁 의자를 믹스매치하거나 파스텔톤 스툴에 계절 꽃을 꽂은 꽃병을 올려놔도 좋다.

여름 - 유리, 메탈, 라탄 등 시원한 소재 활용

보기만 해도 차가운 유리나 메탈 소재의 티테이블이나 꽃병, 트레이 등의 소품을 활용하는 것도 좋은 방법이다. 하지만 누가 뭐래도 여름은 라탄. 라탄 러그나 바구니만 있어도 마치 동남아 휴양지에 온 듯한 기분이 느껴진다. 거기에 여름의 향기가 느껴지는 블루, 화이트, 비비드 컬러를 더하면 더욱 시원한 여름을 보낼 수 있다.

가을 - 드라이 플랜트와 톤 다운 셀프 페인팅

가을 감성을 자극하는 대표적인 소품은 드라이 플랜트다. 솔방울과 나뭇가지를 엮어 만든 리스를 문에 걸거나 소파 위 벽을 장식해도 멋스럽다. 드라이 플라워 액자를 활용하는 것도 방법이다. 좀 더 분위기를 바꾸고 싶다면 주방이나 코지 코너 한쪽 벽을 톤 다운된 오렌지나 베이지 톤으로 셀프 페인팅해 톤을 바꿔보는 것도 좋다.

겨울 - 따뜻한 러그와 웜톤 조명

겨울 러그를 스타일리시하게 매치하기 위해서 크기와 소재를 기억하자. 거실 소파와 테이블을 모두 채우는 크기에 극세사나 양모, 퍼 중 원하는 스타일을 고른다. 가구가 심플하다면 색감이 다른 컬러와 패턴으로 된 러그도 좋다. 조명은 하얀색보다는 옐로 톤으로 하고, 플로어 스탠드나 패브릭 전등갓 스탠드를 배치해 메인 조명 대신 켜두면 포근한 겨울밤을 보낼 수 있다.

함께 만드는 우리의 공간

아쉬움 반, 설렘 반으로 이삿짐 트럭을 타고 첫 신혼집을 떠나 새집으로 향했다.

큰 가구가 없어서 우리는 포장이사 대신 셀프 이사를 하기로 했다. 트럭이 이사할 아파트 앞에 도착해 짐을 내렸다. '아차! 우리 짐이 이렇게나 많았나?' 큰 짐이 없어 어렵지 않을 거라는 예상은 오산이었다. 생각보다 많은 옷과 생활용품, 자질구레한 짐이 트럭에서 끝도 없이 나와 아파트 앞에 산더미처럼 쌓였다. 집까지 엘리베이터로 오르락내리락하며 짐을 옮기기 시작했다. 극기훈련이 따로 없었다.

그렇게 짐을 옮기고는 엄청난 양의 옷부터 정리했다. 옷장 정리 하나 했을 뿐인데 손가락 까딱할 힘도 없을 정도로 체력이 완전 방전됐다. 테이블이 없어 여행 캐리어를 거실 중앙에 놓고 그 위에서 컵라면을 먹었다. 그래도 새집에서의 첫 끼인데 컵라면이라니 남들이 보기엔 처량해 보일지 모르지만 마음만은 부자라 고급 레스토랑 부럽지 않은 저녁이었다. 그렇게 새집에서의 첫날이 지나갔다.

새집에 가구를 미리 들여놓지 않았던 건 전셋집이지만 벽지만 바꾼 상태로 지내고 싶지 않아서였다. 완벽한 리모델링은 어렵더라도 우리 취향을 반영해 홈 스타일링을 해보기로 했다. 두 번째 신혼집이자 새 출발을 하는 아주 의미 있는 공간인 만큼 특별하게 꾸미고 싶었다.

머릿속으로 집 전체를 그려보며 떠오르는 것들을 적어 내려갔다. 이 집은 원래 회사 사원들을 위한 사원아파트였던 곳으로, 2년 전 그 사원들에게 분양하면서 수리를 한 상태였다. 그래서 사실 크게 손볼 곳은 없었다. 바닥은 나무무늬의 데코타일로 돼 있었는데 시공을 꼼꼼하게 한 데다 전 세입자가 깔끔하게 사용해 깨끗한 상태였다. 물론 벽지는 바꿔야 했지만……. 그리고 새시와 걸레받이 몰딩, 바닥재가 모두 같은 나무무늬로 되어 있기 때문에 이 중 하나를 바꾸게 되면 서로의 조화가 깨져버려 그대로 두기로 했다. 대신 전체적으로 컬러감이 들어간 스타일링에 힘을 주기로 했다.

한여름 바깥 기온은 30도. 이마에 줄줄 흐르는 땀을 연방

닦으면서도 페인트칠을 멈출 수가 없었다. 오랜만에 하는 페인트칠이었다. 평범하기 그지없던 곳을 둘만의 취향이 고스란히 담긴 공간으로 만들기 위해 두 팔을 걷어붙인 지도 벌써 며칠째다. 처음 이사했을 때는 휑하던 곳이 이제 제법 집다워 보이기 시작한다. 안 먹어도 배가 부르다는 게 이런 걸까. 그동안 내 집도 남의 집도 많이 바꿔봤지만 사랑하는 사람과 가족을 이루고, 가족의 취향을 만들어간다는 건 지금껏 느껴본 적 없는, 차원이 다른 행복감이었다. 새로운 공간으로 점점 바뀌는 모습을 보니 행복감에 미소가 떠나질 않았다.

처음 이 집을 보러 왔을 때 현관에 들어서자마자 머릿속에 떠올랐던 컬러가 있었다. 우드 톤에 잘 어울리는 명도가 아주 높은 모던 그린 컬러. 그래서 현관부터 냉장고 쪽으로 이어지는 벽에 그린 컬러 페인트를 칠하고, 싱크대 앞쪽 벽에는 짙은 네이비 컬러 페인트를 칠하기로 했다. 사실 이 집은 정남향이긴 했지만 채광이 안쪽까지 들어오지 않아 주방 쪽이 좀 어두운 편이었다. 그래서인지 화이트 컬러 벽지가 살짝 꼬질꼬질해 보였다. 그래서 명도가 낮은 컬러를 쓰기도 모호하고, 채도가 높은 컬러를 쓰기는 더더욱 까다로웠다. 그래서 천장 조명등의 조도를 고려해 짙은 네이비 컬러

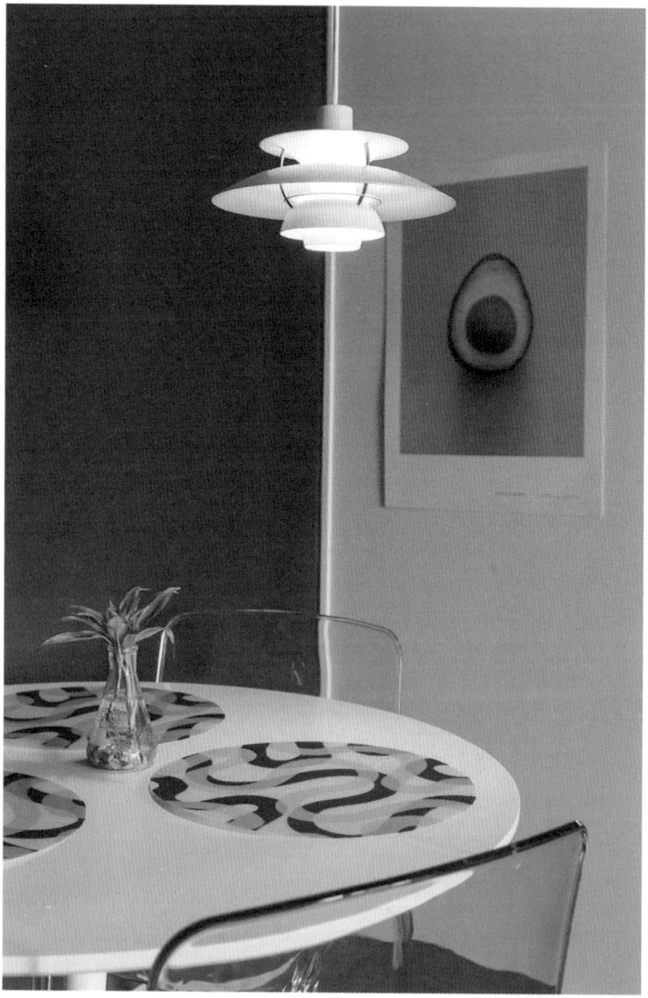

를 선택한 것이다. 거기에 색채감 있는 컬러풀한 그림 액자로 포인트를 줬다.

만약 전세가 아니라 내가 산 집이었다면 바닥재며 몰딩이며 새시까지 모두 화이트 컬러로 바꾸고, 벽에는 그린과 네이비 컬러를, 천장에는 옐로 컬러를 칠한 주방 공간으로 바꾸면 좋겠다는 생각을 했다. 천장은 칠하지 않는 대신 조명을 옐로 톤으로 맞추고 화이트 컬러의 식탁과 고스트 체어(투명 의자)로 스타일링했다. 이렇게 컬러로 포인트를 준 주방은 우리 집의 멋진 포토존이 됐다. 첫 신혼집에서는 두지 못했던 식탁이 주방에 떡 하니 자리 잡으니 그녀는 식탁에서 여러 가지 자료도 볼 수 있고, 누군가 놀러 오면 함께 담소도 나눌 수 있는 공간이 됐다며 좋아했다.

새집에서 주방만큼이나 신경 쓴 곳은 바로 거실이다. 이전 집에서는 없었던 거실은 우리 부부의 새로운 공간이니 만큼 둘만을 위한 아늑한 공간으로 꾸미고 싶었다. 에어컨을 설치하고 보니 큰 소파를 놓을 수가 없어 3인용 소파를 두기로 했다. 소파 옆에는 골드 컬러 스탠드 조명을 놓고 소파 앞에는 투명 티테이블을 매치했다. 식탁 의자와 티테이블을 투명으로 고른 이유는 넓은 면적을 차지하는 벽과 소파에 다양한 컬러를 써서 자칫 산만해 보일 수도 있기 때문이었다.

소파가 놓인 거실을 보며 이전에는 생각지 못했던 새로운 장면들을 그려보았다. 소파에 앉아 방송을 모니터하며 대화를 나누고, 야경을 보며 맥주 한잔을 마시고, 때로는 음악을 들으며 도란도란 이야기를 나누며 하루를 정리하고 있는 우리의 모습 말이다. 거실이 앞으로 얼마나 많은 새로운 이야기를 담아낼지 기대도 됐다.

"다 좋은데 그중에서도 특히 난 욕실이 마음에 쏙 들어!"

이전 집과 달리 넓어진 욕실을 어떻게 꾸밀까 고민하다가 골드 컬러로 샤워 커튼 봉과 조명을 교체하고, 블랙 컬러의 샤워 커튼을 달아 약간의 고급스러운 느낌만 더했을 뿐인데도 그녀는 너무나 기뻐했다. 반신욕을 사랑하는 나로서는 욕조가 있다는 것만으로도 좋았다. 굳이 스타일링을 더하지 않아도 피곤한 하루를 마치고 뜨끈한 물에 몸을 담그고 하루의 피곤을 푸는 그 시간은 새로운 즐거움이었다. 욕실은 그렇게 그녀와 나의 또 다른 힐링 공간이 됐다.

사실 첫 신혼집에 비해 드라마틱한 변화는 아닐지도 모른다. 거실이 생기고, 주방이 조금 넓어진 정도? 그럼에도 삶의 질은 현저하게 달라졌다. 이래서 사람들이 넓은 집에 살고

싫어하는 건가 하는 생각을 처음 해봤다.

첫 번째 신혼집은 내 방식대로 채웠었다. 내가 생각한 아이디어로 집에 어울릴 만한 컬러를 골랐고, 가구를 들였다. 하지만 두 번째 신혼집은 둘이 함께 아이디어를 모아서 꾸며 새로운 모습을 찾았다.

"주방과 거실은 확실하게 분리됐으면 좋겠어. 그리고 컬러풀하면서도 모던하고 따뜻한 공간이면 좋겠어."

"모든 짐은 드레스룸과 안방의 붙박이장에 넣을 거야. 그리고 거실과 주방은 최소한의 가구들로만 배치하고 싶어."

조금은 화려하고 과감한 그녀의 취향과, 공간미를 살리고 싶은 나의 취향이 만나 함께 꿈꾸는 새로운 공간이 된 것이다. 물론 집을 꾸미는 것이 내 취미이자 특기이고, 내 분야라는 생각에 가구나 소품의 디자인이나 컬러는 내가 먼저 골랐다. 대신 고른 제품에 대해 꼭 그녀에게 의견을 물었다. 그리고 의견이 다르면 합의점 찾기를 여러 번 반복했다. 그러면서 나는 그녀의 취향을, 그녀는 나의 취향을 더욱 자세하고 확실히 알게 됐다. 그렇게 우리는 서로에 대해 더 잘 알아가는 만큼 '함께' 공간을 만들어 갔다.

즐거운 우리 집 집들이

LIVING ROOM

ⓐ 스마트폰 앱으로 연동시켜 켜고 끌 수 있는 스마트 스탠드 등
ⓑ 전동 커튼
ⓒ 층고가 낮은 집에 좋은 높이가 거의 없는 천장등

ⓓ 신혼부부를 위한 3인용 소파

ⓔ 다양한 색을 사용하면 자칫 공간이 답답해 보일 수 있다. 거실의 투명 테이블은 인테리어 고수의 선택

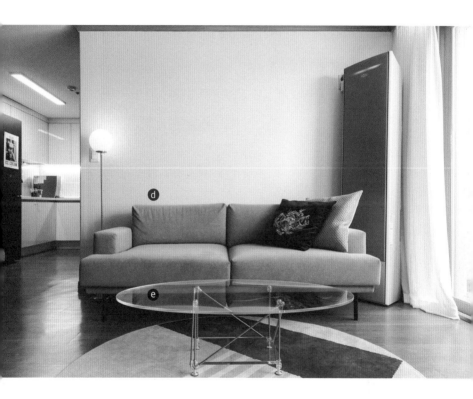

ⓐ 반대편 벽의 네이비 컬러와 맞춘 냉장고
ⓑ 간단하게 설치 가능한 티파이브 간접등

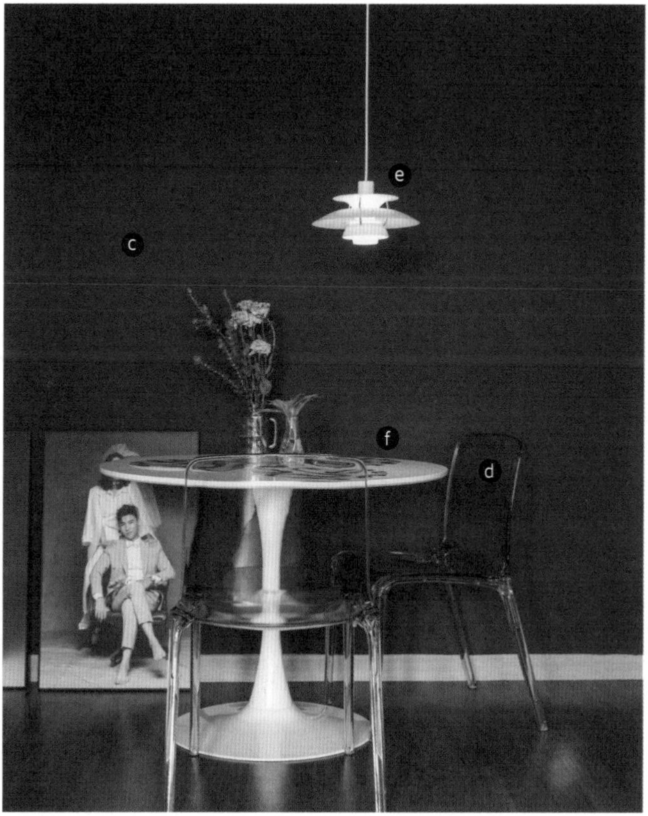

ⓒ 바닥 마루와 어울리는 컬러를 찾느라 일주일 걸려 고른 초록 페인트 벽
ⓓ 좁은 공간에 사용하면 좋은 투명 의자
ⓔ 펜던트 조명은 대표적인 북유럽 제품으로 루이스폴센 ph5
ⓕ 공간 활용도가 좋은 원형 테이블

ⓐ 침대 헤드 위 월데코는 밋밋한 공간에 포인트를 주는 네덜란드 익시(IXXI) 제품
ⓑ 모노톤의 침구는 이케아 제품
ⓒ 신발장으로 나온 제품이지만 수납장으로 활용

ⓐ 욕실 인테리어의 포인트가 된 골드 조명
ⓑ 샤워 커튼봉은 골드색 락카로 칠해 통일감을 부여
ⓒ 강렬한 표범 무늬의 샤워 커튼을 단 욕조

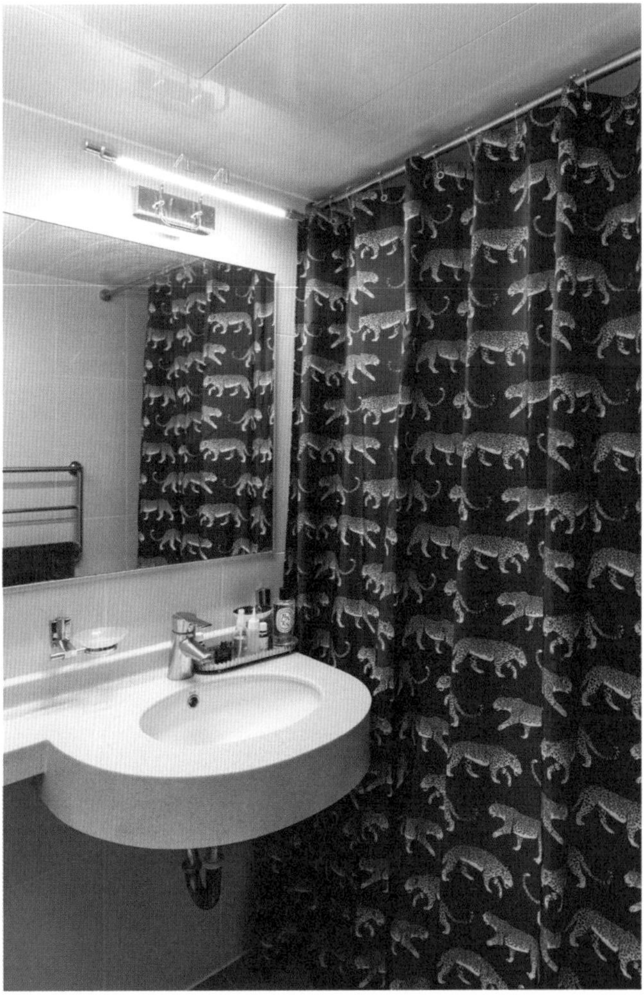

Interior Tip

셀프 페인팅하기

페인트의 종류

유성 페인트 휘발성 용제(신나)로 희석시켜 사용해야 하는데 마르는 속도가 느리고 냄새가 강하나 내구성과 내수성이 좋다. 시중에 무독성, 무향 제품도 많이 나와 있지만 실내에서는 거의 사용하지 않는다. 에나멜페인트, 락카페인트, 우레탄페인트, 에폭시페인트 등도 유성 페인트에 속한다.

수성 페인트 물로 희석해서 사용하며 빨리 마르고 냄새가 없어 실내에서 많이 사용하며 셀프 페인트를 할 때 주로 쓴다. 유성 페인트에 비해 내구성과 내수성이 약해 문이나 가구 등 목재에 사용했을 때는 바니시를 추가로 발라줘야 한다.

천연 페인트 유해 성분이 없어 어린이나 노약자가 있는 공간에 많이 사용한다. 항균, 단열 등의 효과도 있으나 색상이 다양하지 않고 건조 시간이 길다.

공간별 컬러

침실 휴식 공간이므로 강렬한 컬러보다는 차분한 모노톤 컬러를 사용하는 것이 좋다. 화이트나 아이보리 같은 밝은 색을 사용하면 공간이 넓어보이는 효과가 있다.

거실 집에서 가장 넓은 면적을 차지하는 곳이므로 전체적으로 밝고 통일감 있는 컬러를 사용하는 게 좋지만 한쪽 면이나 방문에 포인트 컬러를 사용하면 더 감각적인 집이 완성된다.

주방 거실과 같은 색으로 통일해 넓어 보이는 효과를 유지하면서 식탁이 놓이는 벽에 오렌지 계열 컬러를 사용하면 식욕을 돋울 수 있다.

욕실 깔끔한 무채색 계열을 주로 사용하는데 밋밋하고 아쉽다면 샤워 커튼이나 욕실용품에 포인트 컬러를 주면 좋다. 특히 골드 계열을 섞으면 고급스러운 느낌을 연출할 수 있다.

벽지 대신 셀프 페인팅

1. 페인트를 칠할 벽 주변에 페인트가 닿으면 안 되는 부분을 커버링 테이프, 보양 비닐 등을 이용해 테이핑한다.

2. 벽면에 갈라진 틈이나 못구멍이 있다면 핸디코트를 바른 뒤 사포로 평평하게 만든다.

3. 벽지가 밝은 톤인 경우 그대로 페인트를 칠해도 되지만 그렇지 않은 경우 젯소 칠을 한다.

4. 벽면의 크기에 따라 붓과 롤러를 이용해 페인트를 칠한다. 말리고 다시 칠하기를 2~3회 반복한다.

5. 마지막 칠을 한 뒤 마르기 전에 1의 테이핑을 제거한다. 그대로 말리면 완성!

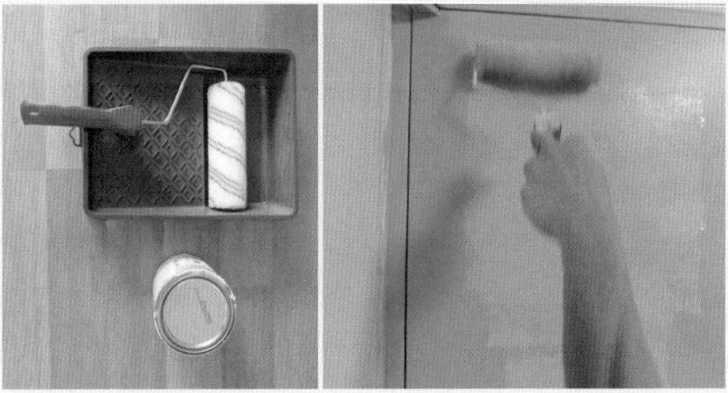

PLACE IV

당신의 공간

YOUR APPLE A DAY
Martinelli's
GOLD MEDAL
SPARKLING
PPLE JUICE

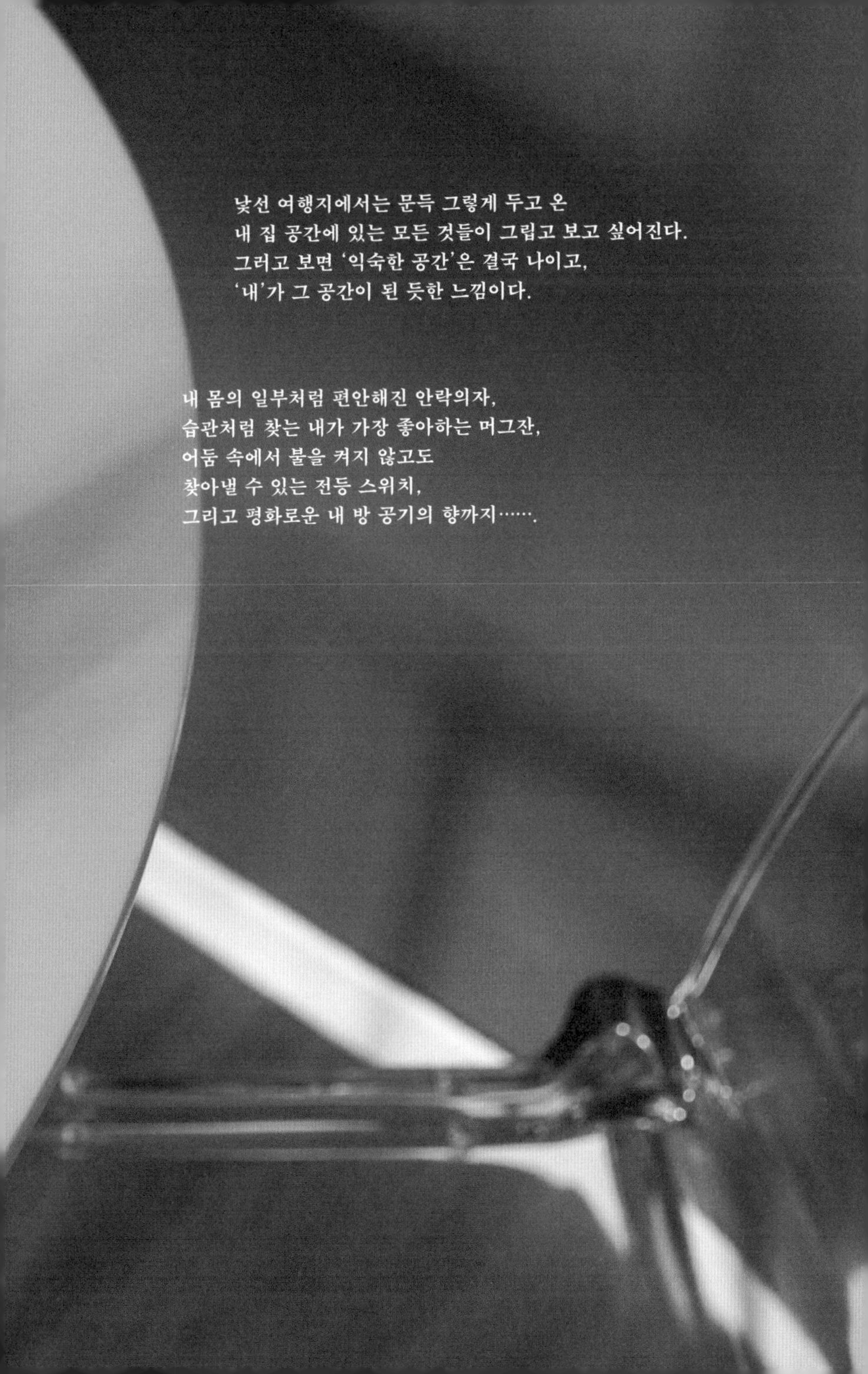

낯선 여행지에서는 문득 그렇게 두고 온
내 집 공간에 있는 모든 것들이 그립고 보고 싶어진다.
그러고 보면 '익숙한 공간'은 결국 나이고,
'내'가 그 공간이 된 듯한 느낌이다.

내 몸의 일부처럼 편안해진 안락의자,
습관처럼 찾는 내가 가장 좋아하는 머그잔,
어둠 속에서 불을 켜지 않고도
찾아낼 수 있는 전등 스위치,
그리고 평화로운 내 방 공기의 향까지…….

나다운 공간

노트북을 켰다. 그리고 오랜만에 블로그와 SNS 속 사진들을 둘러보았다. 그동안 너무 바빴구나……. 지난 사진들을 보다 불과 몇 년 전 여러 나라를 다니며 찍었던 사진에 시선이 멈췄다. 사진 속 나는 참으로 기분 좋은 웃음을 짓고 있었다. 자유로운 여행가를 꿈꿨던 그 시절 나의 모습이다.

'세계 여행자'는 나의 여러 직업 중 하나다. 시간이 허락하면 짐을 싸고 비행기를 탈 궁리를 했을 만큼 여행을 사랑했다. 아니 지금도 사랑한다. 여권에 찍히는 스탬프 개수가 늘어날수록 뿌듯하고 기분이 좋아진다. 내 버킷리스트에 유독 많은 여행지가 적혀 있는 것도 이런 이유다. 그렇게 수많은 나라와 도시를 다녔다. 사람들은 낯선 나라에 가면 두렵거나 외롭지 않느냐고 묻곤 한다. 물론 여행하는 내내 즐겁기만 할까. 가끔은 두렵거나 외로워지기도 한다. 특히 나처럼 혼자 여행하기를 좋아하는 사람들이라면 더더욱 문득 외로워지는 순간을 경험했을 것이다.

흥미진진한 하루를 보내고 숙소에 돌아왔는데도 침대에 가만히 누워 있으면 한국에 있는 내 방 침대가 떠오른다. 아무리 근사한 숙소의 푹신하고 보드라운 침구가 나를 반겨도 내 침대에 있는 내 이불과 내 베개의 냄새를 맡고 싶어진다. 아마도 익숙한 공간의 편안함 때문이겠지. 내 몸의 일부처럼 편안해진 안락의자, 습관처럼 찾는 내가 가장 좋아하는 머그잔, 어둠 속에서 불을 켜지 않고도 찾아낼 수 있는 전등 스위치, 그리고 평화로운 내 방 공기의 향까지……. 낯선 여행지에서는 문득 그렇게 두고 온 내 집 공간에 있는 모든 것들이 그립고 보고 싶어진다. 그러고 보면 '익숙한 공간'은 결국 나이고, '내'가 그 공간이 된 듯한 느낌이다.

새로운 공간을 만나는 설렘도 좋지만 이미 나 자신이 되어버린 나의 공간을 잘 가꾸고 관리하는 것도 중요한 일이 아닐까 생각해본다.

누구는 전세나 월세를 살면 내 집도 아닌데 왜 꾸며야 하느냐고, 당장 1년 혹은 2년 후에는 떠나야 할 수도 있는데 왜 시간과 돈을 들이냐고 한다. 하지만 나는 생각이 다르다. 내가 사는 동안은 내 집이고, 내 공간이다.

어떤 집이든 집에 들어가면 특유의 향이 난다. 그 향은 인공적인 것이 아닌 그곳에 사는 사람의 향이다. 자신이 사는 공간을 '그냥 스치는 곳'으로만 취급해서는 안 되는 이유도 바로 그 때문이다.

지금 사는 집은 나의 몇 번째 집일까? 손가락을 접어가며 예전에 살던 집들을 떠올려본다. 어렸을 때 살았던 집, 부모님 품을 떠나 홀로서기를 했던 집, 첫 신혼집, 그리고 두 번째 신혼집……. 대충 세어보아도 양 손가락이 꽉 찰 만큼 많은 집을 거쳤다. 독립해 살기 시작하면서 '월셋집이니 대충 하고 살자'라고 생각했던 적은 한 번도 없었다. 인테리어는 나에겐 재미있는 놀이다. 그 재미있는 놀이 덕에 내가 사는 공간은 늘 새로웠고 화려하지는 않지만 근사했다.

"제이쓴, 인테리어가 어떻게 재미있죠? 인테리어는 어려워요. 집을 어떤 것들로 채워야 할지 모르겠어요."

종종 이런 질문을 받는다. 나는 공간을 채우는 것만 '인테리어'라고 생각하지 않는다. 어떻게 변화시킬지 모르겠다면 몇 년을 쓰지 않은 채 쌓아두고 처박아두었던 물건들을 꺼내보자. 먼지가 쌓인 채, 언제 산 건지, 누가 선물을 준 건지도 기억이 가물가물하다면 과감히 휴지통으로 골인! 그렇게 하나둘 정리를 하고 비워가는 게 답이다.

그리고 비운 다음 내가 정말 아끼는 물건, 오래되었지만 항상 곁에 두고 싶은 것들의 자리를 제대로 찾아주면 된다. 화려하고 비싼 소품들로 꾸미지 않아도 된다. 뭔가 허전하다고? 비어 있는 게 오히려 더 공간을 돋보이게 할 수도 있다. 그래도 뭔가 놓고 싶다면 화분 하나쯤은 갖다 놓아도 된다. 그게 더 당신의 공간답다.

유행이 중요한가요?

누군가 물었다.

"집 인테리어를 바꾸고 싶어요. 요즘 유행하는 인테리어 스타일은 뭐죠?"

"유행이라……. 유행이 꼭 중요한가요?"

대답하고 보니 그래도 인테리어 전문가라는 사람이 할 말인가 싶긴 하다. '친절하게 요즘의 라이프 스타일과 그에 맞춘 리빙 트렌드를 설명했어야 했나?' 하는 생각도 든다.

그런데 솔직히 나는 유행이라는 이유로 사람들이 너도나도 하는 그런 스타일에는 취미가 없다. 물론 그 스타일에서 내가 좋아하는 부분이 있다면 적극 관심을 갖겠지만 유행이라고 해서 무조건 따를 생각은 없다. 유행하는 인테리어대로 꾸미면 집이 근사해질 것 같지만 꼭 그런 것만은 아니다.

"인테리어 업체에서 유행이라고 해서 했는데 하고 보니

제 취향은 아닌 것 같아요", "유행 따라 했는데 유행이 지나니까 금방 촌스러워 보여요"라고 말하는 사람들을 그간 많이 봐오기도 했다.

한때 '북유럽 인테리어'가 대한민국을 휩쓸었다. 불과 몇 년 전이다. 사람들이 셀프 인테리어에 관심을 갖기 시작한 것도 이때쯤이었던 것 같다. 한국에서 유독 이 스타일이 유행했던 이유는 뭘까?

'북유럽 인테리어'라고 할 때 떠올리게 되는 몇몇 나라의 자연 기후의 영향이 크다고 한다. 겨울이 찾아온 북유럽에서는 해를 보기가 힘들다. 햇빛이 비치는 시간은 고작 정오부터 오후 5시 정도까지. 게다가 눈도 많이 내린다. 사람은 햇빛을 보지 않으면 우울해진다고 한다. 그러니 햇빛이 숨어버리는 겨울에는 기분이 다운되기 쉽다.

그래서 집의 바닥재나 벽을 화이트 컬러 혹은 채도가 아주 낮은 그레이 컬러를 쓰고, 대신 패브릭 제품은 알록달록색이 들어간 것으로 매치해 집안에 생기를 불어넣기 시작한 것이다. 여기에 초록색 화분이나 자연적인 모티브가 있는 소품을 더해 집 안을 싱그럽게 만들면 금상첨화, 화룡정점.

우리나라의 겨울 역시 춥고 햇빛도 다른 계절에 비해 적게 비치니 북유럽의 기후와 많이 닮았다. 그래서 북유럽 인테리어가 사람들에게 인기가 있었던 것인지 모르겠다.

한번 유행이 시작되니 그 인기는 날이 갈수록 하늘로 치솟았다. 북유럽 스타일로 인테리어를 하지 않으면 유행에 뒤처진다고 취급받을 정도였다. 각종 인터넷 사이트에는 북유럽 스타일 국민 서랍장, 국민 소파, 국민 책장 등의 아이템이 스테디셀러로 등극했다. 사람들은 자신들이 꾸민 집들을 인터넷 블로그나 카페, SNS에 올렸고 자연스럽게 '온라인 집들이'라고 하는 문화가 생겨났다.

평소 인테리어에 관심이 없던 사람들도 순식간에 번지는 북유럽 스타일에 열광하고 집마다 비슷한 스타일의 아이템들이 보였다. 그러다 보니 점점 재미없고 지루하다는 사람들이 생겨났다. 그야말로 유행은 있지만 자신의 취향은 어디에도 찾아볼 수 없었던 것이다.

그래서 지금은 바뀌기 시작했다. 어찌 보면 취향을 찾아가는 유행이 시작됐다고 해야 하려나. 바람직한 현상이다. 국민 아이템이 싫어진 사람들은 하나둘 유행한다는 것들을 버리고 자신이 좋아하는 물건을 놓고 좋아하는 컬러를 쓰기 시작했다. 그리고 직접 가구나 소품을 주문, 제작하는 커스

터마이징에도 관심을 보이고 있다.

TV나 SNS, 잡지, 책을 보면 세상에는 정말 멋진 집이 너무나 많다. 그 집을 채우고 있는 것들이 '헉!' 소리가 날 만큼 비싼 소품이라는 게 함정이지만. 그렇다고 괜히 주눅들 필요는 없다. 얼핏 보기엔 화려하고 멋지겠지만 자세히 보면 딱히 내 취향이 아닌 것들이 대부분일 것이다.

내가 사는 집의 인테리어는 유리장 속에 넣어두고 망가질까 두려워하며 보기만 하는 장식품이 아니다. 나와 함께 부대끼며 하루하루를 보내는 나의 일부다. 그러니 무조건 편안하고 낯설지 않아야 한다. 유행한다고 떠들어대는 물건만 고를 것이 아니라 괜히 마음이 가고 오래 나와 만난 듯한 물건을 선택하는 것이 옳다.

그것이 바로 당신의 취향이다.

취향을 찾아드립니다

'딩동~'

택배가 도착했다. 사람들이 말하듯 택배 상자를 받는 순간은 마치 생각지 못했던 선물을 받는 기분이 든다. 들뜬 마음에 택배 상자를 열어 물건을 꺼낸다. 내가 주문한 것들을 하나 둘 꺼내놓으니 즐거운 마음을 감출 길이 없다.

'그런데 어! 나 이거랑 비슷한 거 본 것 같은데…….'

분명 너무 예뻐 보여서 산 옷과 소품들인데, 행거를 보니 오늘 산 옷과 비슷한 옷이, 집 안 곳곳에는 오늘 산 소품과 스타일이 어쩜 그리 똑같을까 싶은 소품이 있는 게 아닌가. 헛웃음이 절로 나온다. 이런 경험 나만 있나? 아마 아닐 것이다. 왜 우리는 이렇게 이미 비슷한 게 있는데 또 사고 마는 걸까?

이때야말로 내 취향이 얼마나 확고한지를 깨닫게 되는 순간이다. 만약 자신의 취향이 뭔지 잘 모르겠다고 생각한다면 쇼핑한 물건들 중에 집에 비슷한 것들이 있는지 살펴보면 된다. '내가 왜 지금까지 몰랐지?' 싶을 정도로 아주 쉽게 자신의 취향을 찾을 수 있을 것이다.

그런데 셀프 인테리어를 하려는 사람들을 만나 이야기를 나누다 보면 하나같이 말한다.

"내 취향이 어떤 건지 확실하게 모르겠어요. 어떨 땐 이게 좋아 보이고, 어떨 땐 다른 게 좋아 보여요. 그럴 때면 나는 그냥 취향이 없는 건가 싶어요."

당연하다. 고민할 필요가 없다. 왜 취향이 꼭 하나여야 한다고 생각할까? 취향은 꼭 한 가지일 필요가 없다. 나도 어느 날은 모노톤 컬러가 더 예뻐 보이고, 다른 날은 알록달록한 컬러가 예뻐 보인다. 또 어떤 날은 클래식한 인테리어가 멋진 공간에서 살고 싶어지기도 하고, 다른 날은 노출 콘크리트와 약간의 목재 장식이 더해진 공간에 살고 싶기도 하다. 좋아하는 스타일이 있긴 하지만 취향은 기분에 따라, 혹은 목적에 따라 달라지기도 한다. 그래서인지 러그나 그림 액자 같은 집 안 소품을 자주 바꾸는 편이다.

꼭 한 가지 취향만 찾으려고 하지 말자. 취향 찾기는 아주 간단하다. 자신이 좋아하는 것들을 적어보면 된다. 그러다 보면 공통으로 모이는 것들이 있다. 그게 자신이 좋아하는 취향이다. 인테리어 취향을 모르겠다면 옷이나 신발을 먼저 보아도 좋다. 최소한 자신이 좋아하는 컬러는 발견할 수 있을 것이다.

인테리어를 시작하고 다양한 프로젝트와 강연을 해오면서 참 많은 사람을 만났다. 그들의 취향을 찾아주기 위해 함께 고민한 시간들도 많다. 그들에게 어떤 인테리어를 원하느냐고 물으면 단번에 대답하는 사람은 거의 없었다. 머뭇거리거나 잘 모르겠다는 답변이 대부분이었다. 단순히 '예쁜 공간에서 살고 싶어요'라고 말하기도 했다. 그럴 때면 난 그들의 집을 꼼꼼하게 살폈다. 그들이 어떤 옷과 어떤 신발을 좋아하는지, 어떤 소품이 많은지, 어떤 컬러를 주로 쓰는지 등등. 그러고 나서 내가 어떤 스타일을 제시하면 그들은 굉장히 만족한 얼굴이 됐다. 어떻게 자신이 좋아하는 것을 그렇게 잘 찾았냐는 듯한 표정이었다.

각자의 취향이 다르듯, 똑같은 인테리어는 없어야 한다는 게 내 생각이다. 사람들이 살아온 이야기도 다르고, 삶의 방식도 다 다르니까. 비슷한 스타일은 있을 수 있지만 완벽하

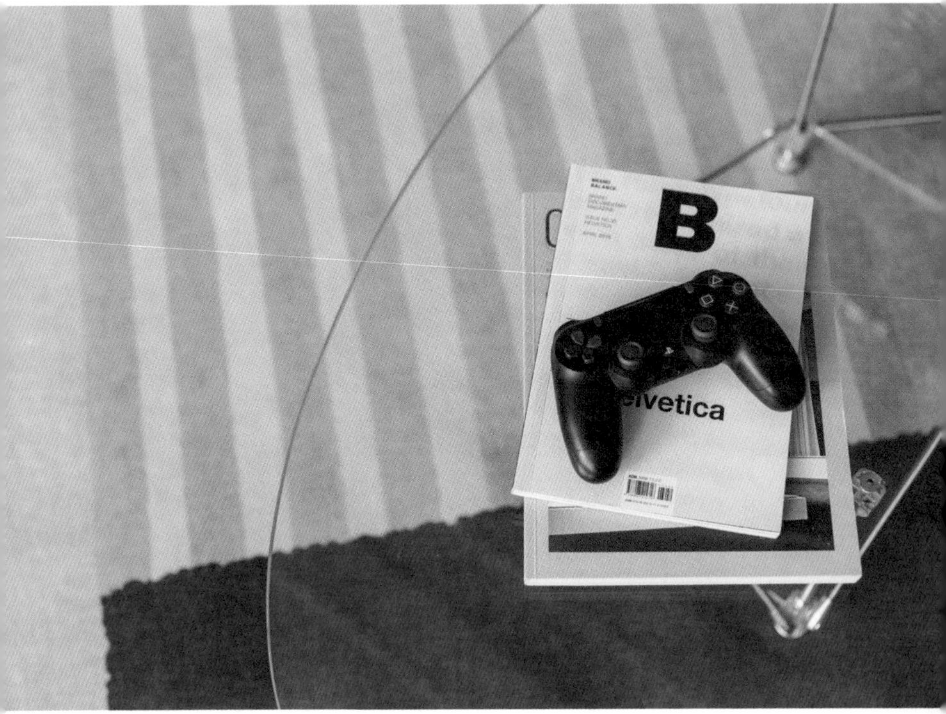
B
elvetica

게 똑같은 인테리어는 존재할 수도, 존재해서도 안 된다.

"어쩜 그렇게 멋진 소품들을 잘 고르세요?"

가끔 SNS에 집 사진을 올리거나 새로 들인 인테리어 소품 사진을 올리면 팔로워의 반응이 뜨겁다. 내가 특별히 어떤 소품을 잘 골라서라기보다 내가 좋아하는 것들, 보면 기분이 좋고 행복해지는 것들을 고르기 때문에 내 집과도 잘 어울리고, 그 모습이 예쁘게 보이는 거라고 생각한다.

내가 매일 생활하는 공간에 대한 사랑과 애착을 가질 때 그 공간에 꼭 들어맞는 아이템들을 찾을 수 있다. 과도하게 꾸며야겠다는 욕심이 아니라 내 몸에 맞는 옷을 입은 듯 편안하고 자연스러운 마음으로 찾는 것이다.

만약 집 전체를 자신의 취향대로 바꾸려니 엄두가 안 난다면, 홈 스타일링부터 도전해보면서 자신의 인테리어 취향을 찾는 것도 방법이다. 문이나 바닥 등을 교체하는 대공사는 접어두고, 벽지나 가구, 아니 조명이나 러그 같은 몇 가지 소품만이라도 바꿔보자. 집 전체 분위기가 사뭇 달라진다.

자, 시작해보자.

작은 소품 하나부터 내 취향대로.

집은 내 마음입니다

책꽂이에서 얼마 전 읽기 시작한 알랭 드 보통의《행복의 건축》을 꺼내 책장을 넘긴다. '슥슥' 소리가 귀에 감긴다. 책장 넘기는 소리는 들을 때마다 기분이 참 좋다. 마음이 편안해진달까. 잠시 시간이 날 때 책을 읽으려는 것도 그런 이유에서다.

지난번에 읽고 표시해두었던 페이지를 펼친다. 그중 유독 내 시선을 잡는 부분이 눈에 띈다.

"장소가 달라지면 나쁜 쪽이든 좋은 쪽이든 사람도 달라진다."

알랭 드 보통은 사람은 주변 환경에 영향을 받는 만큼 머무는 공간이 어떤가에 따라 마음도 달라지며, 특히 공간이 따스하고 편안하면 우리의 마음도 행복해진다고 이야기한다. 다시 한번 곱씹어 읽어본다.

우리가 머무는 공간.

우리는 그 속에서 마음의 안식을 찾고자 한다. 사람 사이의 관계에서, 늘 반복되는 일상에서, 예상치 못했던 일에서 지치고 힘든 마음을 치유하고 다시 내일을 기분 좋게 시작할 힘을 얻는다. 그런 까닭에 마음이 편안해지는 공간을 만드는 일은 어쩌면 꼭 필요한 일일지도 모른다.

옛말에 '가화만사성(家和萬事成)'이라는 말이 있다. '집안이 화목하면 모든 일이 다 잘 된다'는 뜻이지만 인테리어에도 이 말을 적용해보면 좋을 것 같다. '가화만사성(家化萬事成)', 즉 '집을 바꾸면 모든 일이 다 잘 된다'로 살짝 바꿔서 생각해 본다.

요즘 '워라밸'이라는 말을 많이 한다. '일(work)과 생활(life)의 균형(valance)'의 줄임말이다. 워라밸이 중시되는 사회일수록 집이라는 공간은 더욱 중요해진다. 일을 잘하려면 그만큼 잘 쉬고, 내 생활을 누릴 수 있어야 하는데 이는 결국 집과 연결되기 때문이다. 내 마음에 평온을 가져다줄 수 있는 집은 결국 나와 꼭 맞게 꾸며진 집일 것이다.

"나는 다 귀찮아서 집 같은 거 별로 꾸미고 싶지 않아! 이게 내 취향이야!", "대충 해놓고 살아도 별로 불편한 게 없으니 그냥 살래"라고 하는 사람들까지 붙잡고 억지로 집을 바꾸라고 할 마음은 없지만 바꿔본 적이 없어서 그렇게 이야기할 수 있다는 걸 알기에 그런 이야기를 들으면 안타까운 마음뿐이다.

앞에서도 이야기했지만 집은 곧 나다. 집이라는 나만의 공간을 꾸미고 정성껏 가꾸는 건 나 자신을 돌보는 것과 같다. 나 자신을 돌보는 일이 귀찮다고 손 놓는다면 나는 어떻게 될까.

꼭 거창하고 완벽하지 않아도 된다. 멋진 정장을 갖춰 입으라는 게 아니다. 깨끗이 씻고, 내가 좋아하는 깔끔한 티셔츠에 청바지를 입고, 캔버스화를 신고, 좋아하는 향수를 뿌리는 것부터 시작해도 된다. 깨끗이 청소하고 정리하고, 쓸데없는 건 버리고, 좋아하는 것들로만 채워보자.

집에 있는 것만으로도 평온해지고, 더 좋은 사람이 되고 싶은 마음이 들 수 있도록. 우리에겐 각자 자기만의 소울 플레이스가 필요하다.

Home sweet home.

Fresh
Soda
Lemonade
Juice

60°W
30°W
Iceland
Greenland Sea
Labrador Sea
DENMARK
SEVILLA
AZORES
FRANCE
SPAIN
MALTA
ALGERIA
LIBYA
EGYPT
MAURITANIA
MALI
NIGER
CHAD
SUDAN
NIGERIA
GHANA
GUINEA
CAPE VERDE
GAMBIA
GUINEA BISSAU
SIERRA LEONE
IRAN
YEMEN
DJIBOUTI
E-17

제이쓴, 즐거운 나의 집

2019년 09월 19일 초판 01쇄 인쇄
2019년 09월 25일 초판 01쇄 발행

–

지은이 제이쓴
사진 정영주(CL studio), 제이쓴

–

발행인 이규상 단행본사업본부장 임현숙 책임편집 한지은 진행 김하나
편집팀 이소영, 강정민, 황유라 디자인팀 손성규, 이효재
마케팅팀 이인국, 전연교, 윤지원, 김지윤 영업지원 이순복

–

펴낸곳 (주)백도씨
출판등록 제2012-000170호(2007년 6월 22일)
주소 03044 서울시 종로구 효자로7길 23, 3층(통의동 7-33)
전화 02 3443 0311(편집) 02 3012 0117(마케팅) 팩스 02 3012 3010
이메일 book@100doci.com(편집·원고 투고) valva@100doci.com(유통·사업 제휴)
블로그 blog.naver.com/100doci 인스타그램 @namusoo_book 카카오스토리 감성살림꿀팁

–

ISBN 978-89-6833-229-6 03810

나무 [수]는 ㈜백도씨의 출판 브랜드입니다.

이 도서의 국립중앙도서관 출판예정도서목록(CIP)은 서지정보유통지원시스템 홈페이지(http://seoji.nl.go.kr)와
국가자료종합목록 구축시스템(http://kolis-net.nl.go.kr)에서 이용하실 수 있습니다. (CIP제어번호 : CIP2019036156)